ダッシュエックス文庫

JN177916

若者の黒魔法離れが深刻ですが、
就職してみたら待遇いいし、
社長も使い魔もかわいくて最高です!2

森田季節

第一話

サキュバスのお見合いを阻止しろ！

六月の末、俺はメアリと一緒に社長室に入った。

今回はちょっとばかし重要なことだ。これまでがどうでもいいことだったってわけでもないんだけど。

「では、『名状しがたき悪夢の祖《そ》』、通称メアリさんを社員として採用いたします。それでよいですね」

「うん、しっかりいろんなものを滅ぼすことにするよ。期待しててね」

「社長なんで、せめて丁寧語《ていねいご》で話してほしいですが……まあ、偉大な魔族ということは知っているので、大目に見ます！」

こうして、メアリは多分ネクログラント黒魔法社の十　人目の社員になったのだ。

「メアリ、俺としてもすごくうれしいよ」

「そう？　やっぱ、お兄ちゃ……フランツもこれでわらわがずっと人間の世界に住む覚悟を決めたってわかってほっとした？」

うれしそうにメアリは俺のほうを見る。

「ああ、うん、そういうのもあるんだけど、メアリの給料が発生することになったので生活が楽になるなって」

「え～、そこなの？」

ぷくうっとメアリはほっぺたをふくらませたけど、これは相当大きな問題だ。三人家族と二人家族では出費が全然違う。

あと、メアリは節約という発想がないキャラなので、贅沢《ぜいたく》もけっこうするんだよな。俺の給料がいいとはいえ、しょっちゅう銀貨が減っていけば、心理的に怖くなってくる。

本当は俺が呼び出した魔族なので俺が責任を持たないとダメなんだけど、そこはケルケル社長が気をきかせてくれたのだ。

このあたり、ケルケル社長じゃなかったら、メアリは役目を終えたのだから帰らせればいいだろと言いそうだ。むしろ、それが普通だ。

「でも社長、メアリがブラック企業にダメージを与えた件は我が社の利益には直接つながってないですけど、それでもよかったんですかね？」

先日、メアリは王都中のブラック企業に鉄槌《てっつい》を与えるということをやった。

メアリは『名状しがたき悪夢の祖』という偉大な魔族だからそんなこともできるのだ。

「『会社』というのはひっくり返すと、『社会』ですよね」

微笑《ほほえ》む社長は、パッと見は女子生徒って感じで、とても社長とは思えない。魔族は若い期間が長いのでいいな。

「はい、たしかに『社会』ですね」

「会社というのは、本来、社会のためになるから存在意義があるんですよ。社会の害悪になる会社ばかりだと、社会は崩壊してしまいますからね。もちろんお金を稼《かせ》げないと、会社を経営できませんけれど、社会のため、人のためという要素は忘れてはいけないんです」

また、深くていい話だ。長生きしているだけあってケルケル社長の言葉は、悟った聖職者みたいなところがある。

「だから、社会貢献したわらわも偉いってこと？」

「はい♪」

社長の笑顔を見ていると、心が浄化されていく感じがする。

「もちろん、ブラック企業を攻撃する仕事なんてことをずっと続けていただくわけにはいかないので、もっと地味なお仕事からになると思いますけどね」

「うん、たとえば地味で小さな町を滅ぼす仕事とかだね」

「違います」

滅ぼす町のサイズで小さい仕事と大きい仕事を分類しないでほしい。小さい町でも滅んだら大事件だ。

「しかし、たしかにメアリさんにあまり小さすぎる仕事をお願いするのももったいないですよね。ミニデーモンを使っての大規模な休耕地の復興事業とかしてもらおうかと思ったんですが、ミニデーモンを使役《しえき》するといろいろとバレますからね……」

赤い月の日に起きたブラック企業撲滅《ぼくめつ》作戦はいいことだとは思ってるけど、不法侵入を王都全域の規模でやったとんでもない事件なので、犯人がわかると絶対逮捕されるし、多分ブラック企業から報復される。

「わらわ一人でも町を滅ぼすぐらいなら」

「ダメです」

メアリはデストロイヤーなので、手綱《たづな》を引いておかないと危ないな……。会社の存続にかかわるような問題を起こされると詰む……。

「まあ、下積みだと思ってなんでもやるよ。枕営業とかも」

「なんでもっていってもそういうことは絶対ダメだからな！」

社長がそんなことさせるわけないけど、黒魔法の世界だと非合法に近いことを裏でやってるところもありそうなので、怖い。

「なんで？　枕の営業はけっこう興味あるんだけど。わらわほど枕に詳しい存在はそうそうないからね」

無邪気に不思議そうな顔をするメアリ。

しまった！　俺が不純だっただけか！　メアリって、枕のプロだもんな……。

「なんでもない……。俺の心が汚れてただけだ……。枕を仕入れて売るっていうのもいいかもな。もはや、黒魔法は一切関係ないけど」

「この枕を買わないと悪夢にうなされることになるって言って、本当にその人に悪夢を毎日送り込むとかね」

「ダメですよ、メアリさん」

メアリが危ないことを言うとにこやかに社長が止める。

「じゃあ、インプでも別途召喚して休耕地を耕《たがや》したりしてもらえますか？　それぐらいできますよね？」

「うん、インプといわず、マンティコアとかコカトリスとかいろいろ出せるよ」

「う〜んと、あまりやりすぎると、魔界と人間界の区別がつかなくなるので、ほどほどなのにしてもらえますか？」

大型新人が入りすぎるのも考えものだな……。

「今は六月末なので、七月からの雇用ということにします。それまではのんびりしててください」

「じゃあ、フランツのお仕事でも見学してようかな。今日はセルリアがいないし」

うん、そうくると思ってた。

ちなみにセルリアは用事があると言って、お休みをもらっていた。

有休を申請《しんせい》すればちゃんとくれるのが、この会社のホワイトさを物語っている。

これで俺とセルリア、それにメアリという新しい家族の生活基盤ができた。

今日はお祝いでもしようかな。

というか、もしかすると、セルリアはサプライズパーティーの準備でもやるために家にいるんじゃないかな。そういうの好きそうだしな。

インプに農地を耕させる仕事が終わった後、俺とメアリは少しうきうきしながら家に帰った。

「メアリ、ちょっとひっつきすぎじゃないか？」

「これぐらいでいいんだよ。家族なんだからね」

「まあ、俺はもともとメアリを家族と思ってたけどさ」

「ふふふ。これはもっとフランツを抱き枕にするしかないね～」

そんな微妙に新婚さんみたいな空気を出しながら、俺たちは家に着いた。ダメだ、ダメだ、気持ちとしてはむしろセルリアがお嫁さんって気分で俺はいるはず……。

セルリアの好きそうなお菓子も買ってきている。一人で暇してたかもしれないからな。

「ただいま、セルリア」

「あっ、ご主人様……お、おかえ……ひ、ですわ……ぐすっ……」

セルリアが思い切り号泣していた。

「ちょっと！　何があった!?」

尋常《じんじょう》な事態じゃないぞ。部屋が荒らされた跡はないかとまず確認する。

「実は親から連絡がありましたの。一時、魔界に帰宅しろという話だったのですが……」

「ああ、里帰りか。少しの間ならいいんじゃない？　文字通り、その羽を伸ばしてくればいいよ」

まだ七月前だけど、夏といえば夏だし。

「それが今日、詳しい話を聞いたら、なんでもお見合いをさせるつもりみたいで……」

「お見合い!?」

「はい、姉から聞いたところ、父親はインキュバスの男性と結婚させようとしてるらしくて……」

サキュバスとインキュバスって夫婦になるものなのか。いや、そんなことはどうでもいい。

セルリアが泣いてるなら、俺は絶対に止めないといけない。

セルリアは俺が守る!

「あのさ、念のために聞くけど、セルリアはそんなお見合い嫌なんだよな?」

「言うまでもありませんわ……。わたくし、ご主人様の使い魔になって、まだ半年も経っていないんですわよ……。いえ、期間の問題ではありませんわね。わたくし、ご主人様から離れたくないですわ」

その言葉を聞けたら、もう迷うことなんて何もない。

「けどさ、セルリア、わらわからすると、これってたいした問題じゃないように見えるんだよね」

メアリは怪訝《けげん》な顔をしていた。

俺やセルリアと比べて冷静な分、その発言は参考になるかもしれない。

「だって、お見合いなら当然断る権利があるはずだよね？　君がお見合いをやって、そのうえで断ってしまえば、親の顔も立てつつ、この問題をクリアできるんじゃないの？」

たしかにそうだ。セルリアはインキュバスに嫁《とつ》がされるんじゃなくて、あくまでもお見合いをさせられるだけだ。

しかし、セルリアの泣き顔はまだ晴れない。

「言葉の上ではお見合いですわ。ですが、話はそんなに簡単なものではありませんわ」

「それじゃ、お見合い相手が権力者で縁談を断れないとかってこと？」

さらにメアリが尋ねる。

「相手はインキュバスなのですわよ。あらゆる女子を惚《ほ》れさせるだけの異常な能力を持っているわけですわ。高等教育を受けているインキュバスなら、昔の殿方《とのがた》を忘れさせる授業も学校で習っているでしょうし、油断はできませんの」

「そんな授業があるのか！」

思わず俺は叫んでしまった。さすがサキュバスとインキュバスだ……。

「その逆でサキュバスもインキュバスを惚れさせることができますわ。端的に言って、どちらが優秀かを示す勝負になりますわね。サキュバスとインキュバスの戦いですわ」

なんか、俺の考えている戦いとちょっと違うな……。

「ちなみにわたくしの母親はお見合いの結果、父親に屈服して惚れてしまい、婚約を迫ったらしいですわ。当時、オラオラ系という強気の男性が人気だったらしく、父親もそういうキャラ作りでお見合いに臨《のぞ》んだとか」

オラオラ系だったらそもそもお見合いするなよと思うけど、そこは文化の違いなんだろう。

「こういうのは好きですと言ってしまったほうが、そのあとも立場が不利になりますから。亭《てい》主関白《しゅかんぱく》になるか、かかあ天下《でんか》になるかは、お見合いの結果で決まりますわ。もちろん、勝ったほうが結婚自体を破談にするということも多いですけれどもね」

「なるほどね。勝者側が結婚に関する決定権を持つってことだね。サキュバスとインキュバスらしいといえばらしいよ」

メアリとしてはそこまで不思議なことではないらしく、おおかた納得していた。

「ちなみに、姉からの情報によりますと、相手のインキュバスはぜひわたくしと結婚したがっているという話ですわ。なので、こちらが屈してしまったらそれまでです」

セルリアがこれだけ恐れているということは、心変わりをさせてしまうことぐらい、わけないってことだろう。

「魔界なので多少の差はありますが、この世界の価値にして、年収は銀貨三千枚だとか。学校ではサッカー部のキャプテンだったそうですわ」

超高収入なうえに、体育会系か。俺の苦手なキャラっぽいな……。

「事態はおおかたわかった。セルリアはそのお見合いが不安なんだね？」

俺の言葉にセルリアが泣き顔のままうなずいた。

「言うまでもなく、わたくしはご主人様のことを愛していますし、離れたくありませんわ。ですが、過去に何人ものサキュバスが、こんなお見合いすぐに断ってみせると言ってたのに、結婚していきました……。楽観はできませんわ……」

セルリアの体がふるえていた。

だから、主人としてできることをやろうと思った。

そのセルリアの顔に手をやって、さっと涙をぬぐう。

「ご主人様……？」

「もう泣かなくていい。俺がついてる。むしろ、俺がついていく」

「えっ？　ついていく？」

「セルリア、俺を君の故郷に連れていってくれ。そこで親父《おやじ》さんに直談判《じかだんぱん》して、お見合い自体をやめさせてやる！」

ここでセルリアの武運を祈るだけ、なんて主人のすることじゃないからな。

「お見合いが危険ならお見合いそのものを中止にすれば、何も問題ないだろ。俺が魔界に行く」

◇

まず、俺はケルケル社長のところに行って、有給休暇の申請《しんせい》をした。

「——ということで、魔界に行かないといけなくなりました。そう日程はかからないと思います」

「それはいいんですが、フランツさん、魔界に行く魔法ってもう使えましたっけ？　今更、フランツさんがどんな高等魔法を使っても驚きませんけどね」

なぜか俺には黒魔法の素質が異様にあるらしいからな。

「それに関してはメアリが連れていってくれるそうです。ついでに魔界のことを見聞するぐらいのことをやって、仕事に活《い》かしたいと思います」

「別に休暇の時は休暇のことだけ考えればいいですけどね。でも、そんなフランツさんを応援するために私も何か餞別《せんべつ》を渡しましょうか」

社長がくれたのは、小さな白い護符《ごふ》のようなものだった。

「これは何ですか？　もしかして象牙《ぞうげ》製？」

「いえ、とある動物の骨です」

「その『とある』の部分がすごく気になるんですが……」

「敵に攻められてピンチになったら、使ってみてください。そんなことならないに越したことはないんですけど、魔界には血の気が多い方もいらっしゃいますので」

「わかりました。ありがたく受け取っておきます」

社長室を出ると、そこにはファーフィスターニャ先輩が、使い魔のフクロウであるモートリ・オルクエンテ五世と一緒にいた。

「大変なことになってきたね」

「とっとと解決してここに戻ってきます」

「じゃあ、私も何かあげようかな」

先輩が出してきたのは、例の靴下《くつした》だった。

「これ、疲労回復に効果があるやつですよね」

「それとはまた違う。着用していれば、防御力が上がる」

マジックアイテムじゃなかった！　物理的に「1」くらい防御力が上がるやつだこれ。

「なるほど……。そりゃ、靴下でも防御力は上がりますよね……」

でも、まあ、ありがたく受け取っておこう。

家に帰ると、すでにセルリアは実家に戻っていて留守で、メアリだけが残っていた。

スケジュール上わかっていたことではあるけど、寂しくないといえばウソになる。

「フランツ、いつもより元気がないよ。それじゃダメだって。こういう時は笑ってるぐらいのほうがいいんだよ。不幸な顔をしてると、タチの悪い悪魔が寄ってくるよ」

「そうだな。絶対、セルリアをインキュバスから取り戻してみせる」

ぐっと握りこぶしを作る。

「うん、その意気。絶対にわらわたちは勝つよ」

その日は、メアリとぎゅっと抱き合って眠って、お互いに英気を養った。最近はメアリにひっつかれても、安眠できるようになってきた。

今頃、セルリアはインキュバスとのお見合いに勝利できるようにお見合いの特訓（？）をしているだろう。惚れさせたほうが勝ちらしいからな。


そして、翌日。

俺とメアリは数日分の着替えなどを入れた鞄《かばん》を持って、家の前に出た。

「じゃあ、行くね」

魔界へと通じる移動用魔法陣をメアリは作る。

その詠唱《えいしょう》はほとんど聞いたこともないようなものだった。難しいとか以前にこれまで俺が知識として得たものと全然違うといったほうが正しい。

その魔法陣から黒い光とでも言うべき、矛盾《むじゅん》したものが浮き出てくる。

「これはわらわ流の特殊な魔法なんだ。だから、フランツは真似《まね》しないでね。真似してもいいけど、無意味に疲れる結果になるよ」

「わかった。できるだけ体力は温存しておきたいし、余計なことはしない」

「じゃあ、入ろうか。セルリアを取り戻して、三人でいちゃいちゃするよ」

「よし！　セルリアを取り戻そ――待て、メアリ、変なこと言わなかったか？」

「あれ、いちゃいちゃぐらい、四六時中してるつもりだったけど、もしかしてフランツはもっと変な意味で考えてた？　何をするつもりだったのかな～？」

いたずらっぽい目でメアリが見てくる。こんなところで手玉にとるようなことしないでくれ！

けど、緊張がほぐれたのも事実だ。

「ありがと。リラックスして、最高のパフォーマンスができるように頑張る」

「うん、フランツはいつもやってることを一つ一つやればいいからね」

俺とメアリは魔法陣に体を入れた。

まるで湯船につかってでもいるような不思議な感覚があった。

もしかすると、移動時の負担が軽くなるようにメアリが気をつかってくれたのかもしれない。

空間転移はそれなりに体力を消耗《しょうもう》すると聞いたことがあったのに、そんなことは全然なかった。

◇

気づくと、空が真っ黒な世界にやってきていた。

その空を、これまた真っ黒で大きな鳥がばさばさ羽ばたいている。

真っ暗闇というわけではないが、日暮れが迫っているような暗さだ。

「これが魔界か。思った以上に魔族が住んでそうなところだ」

「魔界には太陽というものがないからね。赤い月と青い月が交互に出て、この世界を照らしてるの。そこにたまに違う周期の月がやってくるね。基本的に月ばっかり」

「いろいろと違うことが多いんだな。ところでここはどこ？　森？」

周囲に人はいないし、幹が顔みたいに見える木が生えて、岩がごろごろしてる。

「ここはわらわのおうちの庭」

「えっ、庭？　周囲を見回しても、建物も何も見えないんだけど……」

「屋敷の背後にある山は全部庭みたいなものだからね。いざとなったら、結界を張り巡らして籠城《ろうじょう》できるように設計してあるの。たしかにフランツの世界の家は全体的にせまっ苦しいよね」

そっか、魔界の生活ってけっこう恵まれてるんだな……。

「じゃあ、作戦に移るよ。わらわたちの協力者と話し合う件だけど、この家に来てもらうことにしてる。情報漏洩《ろうえい》を防ぐにはカフェなんかで話すよりいいしね」

合流場所については魔界初心者の俺にはわからないので、メアリに任せていた。

俺は協力者と会うことのほうを提案した。そのうえで状況を細かく確認して、セルリアの父親に会いに行く。

お見合い自体を中止にできれば俺たちの完全勝利だ。

いわば敵を攻める前に敵の戦力を瓦解《がかい》させて、戦わずして勝つやり方に似ている。

それにしても――

「この家、豪邸すぎないか……？」

森みたいな庭をしばらく歩いて着いたのは、大貴族の屋敷みたいな邸宅だった。

「まあ、わらわは魔族の中でも大物といえば大物だからね」

メアリがウィンクしてみせる。

「もし、わらわと結婚したら、この屋敷もフランツのものだけど？」

「そそられはするけど、今は本題のほうに意識を向けたい」

「はいはい。フランツはほんとに真面目《まじめ》だね」

しばらくすると、協力者もやってきた。魔界の人だから俺も初対面になる。でも、絶対に俺たちの助けになってくれるって確信はあった。

「はーい、セルリアの姉のリディアで～す♪」

髪をシニョンにした、ずいぶん軽い雰囲気《ふんいき》のサキュバスだ。

サキュバス特有のベリーダンスでも踊りそうな服装をしている。寒くないのかと思うけど、そこは種族の特性みたいなものだから大丈夫なのだろう。

それにしても、妹とかなり違うキャラだな……。

「リディアさん、いつも妹さんにはお世話になってます、フランツです」

「え～、お世話になってますって、それ下ネタ？　サキュバスだからって下ネタはダメだよ」

「いや、そういう意味じゃなくて、もっと全般的にお世話になってるってことなんですけど……」

本当にセルリアの姉なんだろうか……？　もしや、先妻の子供だとか複雑な家庭環境でもあるんじゃないか？

「あの子と全然違うって思ったでしょ？　この違い、マジヤバくない？」

ぎく。即バレした。

「そうなんだよね……。姉の私から見ても、あの子ってよくできた娘でさ。昔から成績優秀だったよ。うちってかなりしつけも厳しいのに、それにも耐えてたし。泣き言だってほとんど言わなかったな」

リディアさんはふっと悟ったような顔で、妹のことを語る。その姿を見て初めて、間違いな

く二人が姉妹だと思った。

「でもね、それって表現を変えれば、従順ってことなんだよね」

その瞳を見ればわかる。この人、軽いように感じるけど、ものの見方はけっこう鋭い。

「あの子、親に逆らった経験がないの。もちろん、自分の頭で考えて逆らう必要がないって判断したのなら、それでいいのよ。反抗期だからって逆らうために逆らってるような奴も世の中には多いしさ。それって、多数決で多いほうに流れてるだけで自分の頭は使ってないのよ」

「おっしゃりたいことは俺もよくわかります」

自然と、メアリもこくこくうなずきながら聞いている。

「けど、それが続くと、逆らい方がわからなくなるのよね〜。未経験の状態が続くと、いきなり逆らえと言われてもできない。セルリアはそういうところがあるんじゃないかなって思うの。これは放置しておくとヤバい」

「それで、今回のお見合いも親の意向に反することができないかもって言いたいんですね？」

「そう、それ！」

ぱんと手を叩いてからリディアさんは俺のほうを指差す。

「あの子、親に流されて、結婚ＯＫしちゃうんじゃないかって怖いんだよね〜。ただでさえ、相手のインキュバスは堕《お》とした人間の女は四桁《けた》とか豪語《ごうご》してる奴なのにさ……」

「聞けば聞くほど不安になってきました……」

こつこつとメアリが肘《ひじ》で俺の脇腹を小突く。

「だからこそ、リディアさんを呼んでどうにかしようとしてるんだよ。弱気になっちゃダメ。とくにフランツは気がやさしいから『サキュバスは人間よりインキュバスと一緒になるべきじゃないか』とか考えかねないから」

それはたしかに、ふっと頭によぎりかけたことだった。

「気をつける……。セルリアは離したくないから」

「うん、それでいいよ。こういうのは相手の幸せがどうとか言い訳はいらないからね。まず、自分勝手になって、好きな人を取られたくないと思うぐらいのほうがいいんだよ」

「だよね～。『君の幸せを考えた結果だ』とか言う男って、ほんとは体面しか考えてないし」

これは気をつけよう。草食系の俺みたいな男がしそうな思考だし……。

さて、具体的な対策の話に移る。

「リディアさん、お見合いの前にインキュバスのお父さんにお会いしたいんですが」

セルリアがお見合いが嫌だと泣いていたことを伝えて、お見合いそのものをなかったことにしてもらえばいい。

「わかった。そこには私も同席するね。いきなり行っても門前払いだしさ。私は遊び人だけど、さすがに親に話があるって言えば、来てくれるっしょ」

俺は「お前なんかに娘はやらん！」とか怒鳴る頑固親父《おやじ》を想像した。

怒鳴られるのは怖いけど、ここで逃げるわけにはいかない。

「なかなかいい表情してるじゃん。セルリアを使い魔にしただけのことはあるよ」

お世辞《せじ》かもしれないけど、俺を褒《ほ》めて、リディアさんは帰っていった。


その日はメアリの家で眠って、翌日、セルリアの家族が住んでいる家に向かう。

メアリの家の前には首のない御者が御者台にいる馬車が止まっていた。

「これ、なかなかホラーな光景だけど、魔界だと普通なんだよな？」

「ありふれた交通手段だよ。自分で飛べる魔族は多いけど、長く飛べば疲れるからね。これでがたがた揺られていくの」

俺とメアリが乗ると、馬はものすごい勢いで走り出した。

しかも道が悪いのか、馬車が上下に大きく揺れる。

「なんだ、これ！　運転が荒っぽすぎないか⁉」

「ここはあまり道はよくないけど、すぐに専用の街道に入るから少しだけ辛抱《しんぼう》して」

「専用の街道？」

メアリの言葉は本当だった。

関所《せきしょ》みたいなところで御者が銅貨を払って、そこを通過すると、途端に道がまっすぐでアップダウンもないものに変わったのだ。揺れもなく、快適な旅に変わる。

そこを馬車は元の倍はあるようなスピードで疾走する。

「魔族の土地では、こういった専用街道が張り巡らされてててね、馬車が高速で走れるようになってるんだよ」

「やっぱり、魔族っていろいろ進んでるんだな……」

「もっとも、人間の土地だと、こんな速度で長時間走れる種類の馬はいないから、どっちみち実現できないけどね」

「たしかにドラゴンでも追いつけないような速度で走ってるな……」

街道の近くの家並みが一瞬で過ぎ去っていく。

こういうものがないと、リディアさんも昨日来て、すぐに帰れなかっただろう。

「あと、安全には注意しないといけないんだよね。この速度でもし、ほかの馬車と接触したりすると、わらわはいいとして、フランツは即死だから」

「嫌なことを聞いたな……」

「その時は、わらわが抱きついて衝撃を吸収してあげるよ」

くすくすとメアリは笑う。ほんとに恋人みたいな表情をメアリはするようになったと思う。

「冗談だろうけど、本当に事故っちゃった時は頼む」

そして、二時間ほどの乗車時間で、馬車はサキュバスとインキュバスの里に到着した。

どこの屋敷も王都の狭い家に住んでる人間を嘲笑《あざわら》うような規模のものばかりだ。

とてもじゃないけど、使用人でも雇わないと掃除《そうじ》すらできないだろう。

「魔族って、生活水準高いんだな……」

「サキュバスとインキュバスは上級の魔族だから、こういう街並みになってるんだよ」

そして、明らかにほかの家より数倍はある城みたいな屋敷が見えてきた。

「あれがセルリアの実家であるオルベイン家だね」

「俺みたいな庶民《しよみん》が入っていいのかな……。確実に人生で入る中で一番立派な建物なんだけど……」

「そこの娘さんを使い魔にしてるんだからいいんだよ。むしろ使い魔になってるって知ってるはずなのにお見合いさせようとしてるほうが問題なぐらいだし。そりゃ、理屈の上では既婚者《きこんしゃ》でも使い魔はできるけど、サキュバスって主人と艶《つや》っぽいこともするわけだし」

下手《へた》をするとメアリは俺より戦う気満々かもしれなかった。いやいや、俺も怖気《おじけ》づいてしまうわけにはいかない。それなりの覚悟を決めて、ここまで来たんだから。戦うしかない。

屋敷の前に行くと、中身のない鎧《よろい》二体がガードマンをしていた。

「すいません、俺はセルリアさんの主人をしているフランツと申します。すでにお話はリディアさんからいっているかと思うんですが」

鎧たちはこくこくとうなずいて、屋敷の中に通してくれた。

建物に入るまでの道の両側には、池のある庭園が広がっている。広大すぎて気味が悪い。

中に入ると、メイド服姿のサキュバスさんが案内してくれた。使用人ってことなんだろう。

長すぎる廊下《ろうか》を歩いていると、奥でリディアさんが手を振っていた。

「あっ、来た来た～。こんちゃ～！　迷わなかった？」

「ここまで巨大な建物なら、迷いようもないですよ」

「親父には話があるって言ってるから、そこの部屋まで案内するよ。思いのたけ、ぶちまけてやって。私は外で待機してるけど、負けないでね」

「はい、やるだけやってみます」

ああ、緊張してきた。インキュバスってどんな人なんだろ。とんでもない頑固親父が出てこなければいいけど……。


入った応接室にいたのは、グラスを傾けているロマンスグレーのダンディな男だった。

なんだ、これ、想像してたのと違うぞ。どっちかというと、あれだな、頑固親父というより、チョイ悪《わる》親父って感じだな……。

「君がセルリアの主人であるフランツ君だね。リディアが話があると言ってたけど、君が僕に話があるという意味だったみたいだ」

やっぱりリディアさんは上手《うま》くとりはからってくれたようだ。

俺が「はい」と答える前にメアリが「それと、わらわが『名状しがたき悪夢の祖《そ》』だよ」と言った。自分の肩書で相手を威圧する作戦だな。

「セルリアはお見合いの話を聞かされた時、泣いていました。俺はセルリアの肉親ではないかもしれません。ですが、泣いている彼女を放っておくことはできません。どうか、お見合いを考え直してくださいませんか？」

そのチョイ悪親父は表情を変えずに、グラスの中の氷を転がしていた。

「君、セルリアとはなかなか上手くいってるようだね」

「はい。自分で言うのもなんですけど、関係はいいと思ってます」

「その点はとても感謝しているよ。きっと、体の相性もいいんだろう。そういうこともママからよく教え込まれたしねえ。ああ、ママっていうのは僕の妻のことね」

人間の家庭だと考えられないような会話だけど、あくまでサキュバスとインキュバスの家族の話だ。

「しかしね、本当に所帯を持つとなると、やはり魔族同士のほうがいいと思うんだよね。人間を誘惑するのはインキュバスと家庭を持ってからでもいいと思うんだ。それがセルリアの幸せなんじゃないかな？」

「お言葉ですが、セルリアは泣いていたんですよ。それで幸せなんてことはないと思います！」

「じゃあ、君は人間の身で、セルリアを一生幸せにする覚悟あるの？」

チョイ悪親父の眼光が鋭い。

「人間と魔族だと寿命《じゅみょう》も全然違うし、セルリアが一時的に尽くすことはできても、家庭は持てないじゃない？　そもそもセルリアは君と愛し合っても子供もまず産めないだろうしね。そして、君だけが老いていって、それをあの子に看取《みと》ってくれと言うのは虫が良すぎるんじゃない？」

その声は粘りつくような、業界人じみたものだったけど、要点は押さえているように感じた。

チッ。露骨にメアリが舌打ちした。たしかに聞いてる人間をイライラさせる感じはある。

「別に、君と永久に離れればなれにさせるなんて言ってないよ。使い魔の契約は絶対だしね。ただ、使い魔が人妻になるだけのことだからさ。まあ、そこんとこヨロシクってことで」

「何もよろしくないです」

キレても何もはじまらないので、丁寧語《ていねいご》で、それでも憤《いきどお》りの感情ははっきり伝わるように言った。

「それ、どゆこと？」

こいつ、「どういうこと」を「どゆこと」って発音するんだな。

「理解してもらえてないようですから、繰り返しますよ。セルリアは泣いて、お見合いはしたくないと言っていたんです。そんなセルリアに強引にお見合いさせるのがいいことだなんて俺には絶対に思えません」

チョイ悪親父はテーブルにグラスを置いた。

心なしか、殺意みたいなものを感じた。インキュバスは男をどうとも思ってないだろうからな。下手をすると虫けらみたいに考えているかもしれない。

「あのね、こう、若い人間っていうのは、刹那《せつな》的に生きることを美徳にしちゃうっていうか、将来を見越した生き方って苦手なところ、あるんだよね。それを助けてやるのが、いわゆる大人的な甲斐性《かいしょう》っていうか、親の責任だって思わない？」

そんなの一般論だろ。一般論程度で言いくるめられるなら、ここに来てないぞ。

「大人の甲斐性のためだったらセルリアは泣かされていいなんてことはないです。俺は俺なりにセルリアを幸せにします！　今のセルリアを幸せにしているのは俺だけです！　だからお見合いは中止してください！」

「――よく言ったじゃん！　君、マジイケメンだよ！」

その時、ドアが開いて、リディアさんが飛び込んできた。

「今の言葉、聞いた、親父？　こんなにセルリアのこと愛してる人なんてほかにいないっしょ？　二人で気のすむまでやらせてあげようよ！　それで後悔《こうかい》しちゃうのも人生経験ってやつでしょ？」

これで三対一だ。このまま押し切れ！

「リディア、お前は黙《まじ》っていなさい」

急にチョイ悪は真面目な父親の顔になった。

口調も遊び人風から厳格な父親になったぞ!?

「お前は親に反抗すれば正しいと思ってる節がある。だから、そうやって軽いサキュバスになってしまった。土下座《どげざ》したら童貞を捨てさせてくれるサキュバスがいるだなんて噂《うわさ》が立った時は愕然《がくぜん》としたぞ」

リディアさん、そんなことしてたのか！

「いいじゃゃん。サキュバスの仕事としては正しいわけだしさ」

「もっと、サキュバスにもインキュバスにも、ムードがあるべきなのだ。それで忘れられぬ一夜にしてやるから我々は重んじられているんだ。たんなる欲望のはけ口になってはいかんのだ！　人間の世の中にも今の時代、娯楽《ごらく》は無数にある。格式が失われればほかの娯楽にとって代わられるぞ！」

メアリが「なんか、サキュバス・インキュバス論争になってきたね」と言った。

たしかに思ったより深い話をしている気がする……。

「とにかく！　見合いは絶対に行うからな！　邪魔できるものならやってみるがいい！」

そう啖呵《たんか》を切って、親父は部屋から出ていった。チョイ悪臭《しゅう》はキャラ作りだったのか……。

「あぁ、説得はダメだったか～」

メアリは肩を落としていた。

一方で、俺はなかなか燃えていた。

「邪魔できるものなら邪魔してみろって言ってたな。やってやろうじゃないか」

「うん、君ならきっとできるよ」

リディアさんもエールを送ってくれた。

◇

俺とメアリ、それとリディアさんは三人でお見合い破談作戦をいろいろと考えた。

場所はメアリの屋敷だ。セルリアの実家であるオルベイン家に用事が終わったのにずっといるのは不自然だし、最悪、こっちの企《たくら》みが聞かれてしまう恐れもあった。

「あのさ、そもそも論だけど、セルリアを連れ出して、お見合いの開催自体を不可能にするっていうのはどうだろう？」

「それはダメだよ。お見合いから逃げ出すのは敵前逃亡とみなされる行為。それこそ、そんなことを仕掛けたフランツは親父さんに八つ裂きにされるよ」

メアリの言葉に肝《きも》が冷えた。いくらなんでも八つ裂きは困る。

「私もさ、相手のインキュバスのこと調べたんだよね。これ、こっちの新聞に出てた相手の過去記事。肖像画も載ってるっしょ」

ものすごいイケメンが、そこには描かれていた。

「なんでも若い頃から、人間の貴族のご婦人を相手にけっこう活躍していたらしいんだよね。今は魔界でけっこう稼《かせ》いでるらしいって。マダムキラーって呼ばれてる」

「残念だけど、顔や年収で勝つのは無理っぽいな……。セルリア、大丈夫かな……」

「でも、この人、ちょっと変な趣味があるっていう噂なんだよね。実はこの記事もそれを否定してるものだし。それを試してみる価値はあるかも」

「噂？　魔族の土地の言葉だと、ちょっと読めないな……。黒魔法について書いてる言葉ともまた違うみたいだし……」

「一言で言うと、このインキュバス、ストライクゾーンが狭いんだよね。そこを衝《つ》けば、セルリアを誘惑する集中力を切らすことぐらいはできるかもしれない」

俺はリディアさんの説明を聞いた。なかなか面白い手かもしれない。

「なかなかヤバい作戦でしょ！　ただ、ヤバい点もあるんだよね」

この二つの「ヤバい」は文脈上、違う意味だと思う。

「つまり、破談にできたとしてさ、この人、絶対キレるっしょ？　キレたら、フランツ君、狙われることになるっしょ？　それ、ヤバいでしょ？」

インキュバスからしたら、人間の男なんてつまらない存在だからな。恨みを買えば命を狙われるってことだ。

でも、それは気にしてない。むしろ、それを言い出したら何もできない。

「まずはセルリアを守るのが第一ですから」

「わかった！　じゃあ、この作戦でやるだけやってみる！」

◇

お見合い会場は庭が見える広々とした高級レストランだった。

俺たち妨害部隊の三人はその庭にスタンバイして様子を見ている。

まずセルリアが入ってきた。

服装はいつもとわずかに違う。おめかししていると解釈していいだろう。

表情はすぐれない。あまり楽しそうにしていれば、相手につけ込まれる恐れもあるしな。ただ、そんな作戦以前に楽しくなくて笑えないんだと思う。

本当は今すぐセルリアのもとに飛んでいきたいけど、グッと我慢する。あくまでも、インキュバスのほうに問題を起こさせる方向に持っていかないと。

しばらくして、インキュバスが出てきた。新聞の絵で見たとおりの美形だ。

「インキュバスのハルバルドです、本日はよろしくお願いします」

声だけでもキザったらしく聞こえる。おそらく、俺だけじゃなく、多くの男がそう感じるだろう。

声だけじゃない。表情も動きも全部がわざとらしいのだ。よくこんなにわざとらしくできるなと、逆に不思議に思うぐらいだ。

「セルリアですわ。わたくしなんてハルバルドさんにはまったく釣り合わないと思うので、お恥ずかしいのですが……」

「そんなことありませんよ。たくさんのサキュバスを見てきましたが、あなたほどお美しく、さらにやさしい心根も、知性までもお持ちの方は初めてです」

「わたくしの心なんて、会ったばかりだからわからないはずですわ」

「いえいえ、女性の心を読むのは僕の仕事ですから」

さっと、ハルバルドはセルリアの手をとって、キスしようとする。

げっ！　あいつ、距離感考えろよ！

だが、その直前にセルリアがその手をさっと引いて、かわした。

セルリア、グッジョブ！　庭の茂みに隠《そこ》れながら、俺は思わず叫びそうになった。

「あまり軽い女になってしまうと価値が損なわれるからと親からも言われておりますの。ごめんなさい」

「なるほど。僕のほうこそ軽率《けいそつ》でした。すみません」

あの男、悪びれもしてないな。すごくぶん殴《なぐ》りたい！

「どうどうどう。フランツ、今は我慢だよ。すぐに作戦を実行に移すわけにはいかないからね」

小声のメアリに止められた。たしかに時期尚早だ。

「ところで、セルリアさん、その態度は心に決めた方でもいらっしゃるのですか？」

笑みを浮かべながらハルバルドは尋ねた。

セルリアは少し切なそうな顔をして、秘め事をつぶやくように、

「わたくしには、仕えている方がございますの。まだ若い、三月まで学生だった方なのですが、とても真面目《まじめ》でご立派な方ですわ」

と言った。

やっぱり、セルリアは俺のことを愛してくれていたんだ。

それは普通の夫婦の愛とは違うと誰かがさかしらに言うかもしれない。たとえば、サキュバスはほかの女と自分の男が一緒になることも止めないじゃないかと。

だけど、それは価値観が違うだけで、セルリアは絶対に俺を愛してくれている。そこだけは絶対に間違いない。

「でも、その人は人間の男なんですよね。あなたにはふさわしくないと思いますが」

ハルバルドがしたり顔で言う。お前に俺の何がわかるって言うんだよ。

「なぜなら、あなたが一生をかけて愛するにはその男の命は短い。容貌《ようぼう》もすぐに衰《おとろ》えます。もっと価値のある男を愛するべきです。僕と一緒になれば、掃除《そうじ》も料理もすべて質のいい使用人にやらせま――」

「それがなんだというんですの？」

力強い声で、セルリアは反発する。

「わたくしはご主人様を容色《ようしょく》で選んだのではありませんわ。ただ、ご主人様との生活が楽しいから、そこにいるんです。愛しているんです。わたくしの愛の価値はわたくしが決めます」

俺、これ以上、セルリアを大好きになるなんて不可能と思ってたのに。

もっと、好きになっちゃったな。

セルリアがここまで言ったんだったら、こんなお見合い、もう茶番《ちゃばん》も茶番だ。セルリアに目の前のインキュバスと一緒になる気持ちがどこにもないんだから。

「なるほど……。ここまで強い想いをお持ちの方だとは。ますます僕はあなたを手に入れたくなってきましたよ」

すると、ハルバルドは指でテーブルに何かをなぞり出した。

同時にぶつぶつとなにやら唱えている。

「あのインキュバス、黒魔法を使う気!?　マジ？　超ヤバい奴じゃん！」

リディアさんが叫んだ。

「まったくだよ。魔法を使うって、インキュバスとしてのプライドもないじゃないか。そりゃ、恋にだって落ちるよ！」

メアリも怒っているから、あってはならないことをやろうとしているらしい。

「あれって、もしかして洗脳系の魔法なのか？」

「そうじゃない⁉　そこまでいかなくても魅了系のヤバいやつだと思う。しかも証拠が残らないように、指でさささっとなぞってる。詠唱《えいしょう》も小声だし……」

セルリアが危ない！

それがよくないものだってことはセルリアも気づいたのだろう。

「それはいけませんわ！」

セルリアはすぐに席を立とうとする。

けれど、その前に魔法が発動した。輝く光みたいなものがセルリアにかかった。

「あれ……どうしてこんなに胸が苦しいんですの……？」

「さあ、セルリアさん、僕と一緒になりましょう。今日はいいホテルを予約しているんです」

なんでお見合いの日にホテル予約してるんだよ！　どんなにイケメンでも引くぞ！

「もはや、これ以上待っていられないね。あの作戦を実行に移すよ！」

メアリが立ち上がり、作戦を開始する。

頼む、あの作戦が効いてくれないとまずいことになる。

セルリアはぼうっと寝ぼけたような瞳で、ハルバルドの顔を見つめている。

どう見ても、あれは洗脳に近い状態だ。

「さあ、セルリアさん、今から僕が言う言葉を繰り返すんだ」

「……わかりましたわ」

とても、今のセルリアの瞳には意思が感じられない。

「いいかい。『わたくし、セルリアはハルバルドの妻になって、生涯《しょうがい》尽くします。自分が相続するオルベイン家の財産もあなたに差し上げます』」

あいつ、財産目当てだったのか！

たしかにセルリアの実家を見ていたら、あの資産がほしい奴がいてもおかしくない。

「わ、わたくし、セルリアは……」

本当に時間がなさそうだ。早く、間に合え！

その時、庭にぞろぞろと不思議な一団が登場した。

「わーい、広いお庭」「みんなで鬼ごっこしよ～」「わたし、鬼やる～♪」

それはメアリの使役《しえき》しているミニデーモンのうちでも、見た目がロリキャラっぽい選抜部隊。

そう、メアリ配下の多数のミニデーモンの中にはファンシーなマスコットキャラっぽいのもいれば、少し怖そうな顔のも、少女っぽいのもいるのだ。

見た目の年齢はだいたい、十歳から十二歳。

ポジション的にはメアリの妹分に見える。

「あっ、インキュバスさんとサキュバスさんだ」「何してるのかな～」「早く、鬼ごっこするよ～」

そんなミニデーモン部隊に、ハルバルドの視線が注がれていた。

しかも、ものすごく真剣な顔だった。

もっと言うと、恋している顔だった。

「あぁ、子供はいいなぁ、ほら、僕らも将来あんな子供が生まれたらいいよね。はは……」

取り繕《つくろ》っても、おかしいとすぐにわかるぞ。

あいつのストライクゾーンは極端にロリなのだ。

それを新聞でも報じられて、本人は否定していたけど、これはガチだったな。

ついには真剣な顔がにやけて、崩れ出している。

これぞ、第二次ミニデーモン作戦！　ちなみに第一次はブラック企業壊滅作戦だ。

「あの……ハルバルドさん、いったいどうしたんですの？」

ハルバルドの意識がミニデーモンに向けられているせいで、チャームの威力も落ちているらしい。

「聞こえてらっしゃいます？　さっきからずっと背中を向けておられるようですけど」

「うるさい！　年増《としま》は黙っていてくれ！」

お見合いの相手に年増と言った！

これにはセルリアもムカついたらしく、チャームも完全に解けたと言っていい。

「そうですか、では、この話、なかったことにいたしますわ。年増ではなく、もっと幼い方とご結婚したらよいのではありませんこと？　わたくしとの縁談も財産目当てなのがはっきりいたしましたし」

「あっ……違う、違うんです……。たしかに、あのような少女たちにはセルリアさんもかなわないのは事実ですが、僕が仕事をしていたマダムたちと比べれば全然お若いです！」

「それ、何のフォローにもなってませんわ！」

ハルバルド、正直者すぎる！

「あぁ、くそ！　しかし、少女の純真さを前にすれば、ほかの女は全部色欲を知ってしまった穢《けが》れたものに見えてしまう！　とくに有閑《ゆうかん》マダムの相手は疲れた……」

どうやら、マダムキラーのハルバルドは、その職務のせいで性癖《せいへき》にゆがみが生じてしまったらしい……。けっこうかわいそうな奴なのかもしれない……。

セルリアはすたすたと会場を後にしてしまった。

俺たちの完全勝利だ！

けど、まだ俺の問題は終わったわけじゃなかった。

「しかし、いったいどうしてこんなところにミニデーモンがいるんだ？」

疑惑の視線をハルバルドが庭に向けてきた。

「……みすぼらしい人間の男の臭《にお》いがするぞ！　出てこい！」

しょうがない。バレた以上は出るしかないな。

俺は茂みから姿を現した。

それとメアリとリディアさんも。

「せっかくのおいしい話をぶち壊しにしてくれたね。いい少女たちを見せてくれてありがとう。やっぱり鬼ごっこで遊ぶくらいの子供がちょうどいい」

「怒るのか、感謝するのかどっちかにしろ！」

「君がセルリアさんの主人であることぐらいわかるよ。腹いせに死んでもらう」

「こっちにはメアリもいるんだ。そうそう負けるわけなんて――」

ハルバルドから輝く光線みたいなものがメアリとリディアに飛んだ。

「あれ……なんで……？　あのインキュバスに逆らいたくなくなってきた……」

「超マブいじゃん！　顔ファンになりそう！」

えっ？　二人ともどうしたの？　なんか瞳がハートマークみたいになってるけど……。

「さっきセルリアさんにかけたチャームの魔法は、一度使用すれば出がらしになるまで数回は女性に対して使えるのさ。威力はどんどん低下するけど、三十秒も彼女たちを無力化できれば君を殺すに充分だろう？」

ヤバい、絶体絶命じゃないか！

「残念だ、あんな愛らしいミニデーモンを呼んでくれた君を殺すのは惜しい。もし君がミニデーモンみたいな十歳から十二歳頃までの少女だったら、大学卒業までの費用を全額出してさらにいい会社に就職できるようガイダンスも積極的に行うことになっただろうに。君が人間の男である以上は、許すわけにはいかない」

「お前、ほんとに残念な奴だな！」

「問答無用《もんどうむよう》だ！」

ぶつぶつと詠唱を行いながら、足で庭に魔法陣を描いていくハルバルド。上級悪魔に勝てるだけの魔法なんて俺にあったかな……？

「さあ、死ね！」

黒いエネルギーの球が俺に撃ち込まれる。

あっ、これは終わったのでは……。

俺の体を光が包んだ。これがハルバルドの魔法か!?　でも、予想に反して、まったく苦しくもない。

むしろ、あたたかな光で守られている感覚だけがある。

いったい何が起こってるんだ？

その光は俺の靴《くつ》のほうから立ち昇っていた。

「これはファーフィスターニャ先輩の靴下だっ！」

そういえば防御力が高くなるものだとか先輩は言ってたな。あれは魔法防御力のことだったんだ！

それだったら、最初から正確にそう言ってほしかった……。靴下で防御力って言われたら、分厚さの分だけ、寒さに強くなるとかそういう意味だって思うし……。

でも、そんなこと言ったら罰《ばち》が当たるな。これのおかげで助かったんだ。

「ちっ！ 僕の攻撃を人間が耐え抜いてるだと!?」

ハルバルドも焦っている。

なにせ「チャームの魔法はそう長くはもたない」と本人が言っているのだ。

メアリが正気を取り戻したら、死ぬのはそっちのほうだぞ。俺としては命まで取るつもりはないけど。

「ならば防御を突破するまで打ち続けるだけだ！」

やけくそで連投してくるつもりか。この靴下、いつまで保《も》つのかな……。

そういえば、靴下以外にももらってたんだっけ？

俺は白い骨でできた護符《ごふ》を取り出す。

ケルケル社長からいただいたものだ。

社長はピンチになったら使えとはっきりと言っていた。

俺はその護符を掲《かか》げる。発動に関する魔法なんて何も聞いてないし、これだけで効果があると信じたい！

「社長、助けてください！」

その途端、護符から黒い霧のようなものが噴き出てきた。

ばたばたばたと何かが走ってくる音がする。

それは――尻尾《しっぽ》が何本も生えた紫色や黒色の犬。数は合計五頭。

「今度はケルベロスだと!?　どういうことなんだ！　この人間は何者だ!?」

あっ、そっか……。ケルケル社長といえば、ケルベロスじゃないか。

その仲間が助けに来てくれるアイテムだったんだ。

そういえば、この護符、骨みたいだったよな。犬だったら骨が好きだもんな……。

社長とは似ても似つかない凶暴そうな顔をしたケルベロスたちはハルバルドに襲いかかる。

「うあ、やめろ！　死ぬ！　うわ！」

勝負は開始一秒でついた。すぐにハルバルドは倒されて、そのままひどい目に遭《あ》うのが確定的になる。

「あっ、あのケルベロスさんたち……ほどほどでいいんで……。殺しちゃうといろいろとよくないし……」

その間、わずか十秒ほどだったけれど、もうハルバルドはボロボロになっていた。インキュバスももともと露出度の高い格好なので、いろいろと丸見えになっていた。男として、全然うれしくない。

「あっ……わらわとしたことがチャームを喰らうだなんて……。でも、なんか終わってたね」

「ちょっと、このインキュバスの服、マジヤバいって！　モロ見えじゃん！」

二人も正気に戻ったらしく、一件落着だ。

ケルベロスのうち一体が犬耳の人の姿になった。

「ケルケル先輩のお力になれて、僕たちも光栄です」

あっ、やっぱり人にはなれるんだ……。


そのあと、ハルバルドは近くの野原に正座させられて、顛末《てんまつ》を語らされた。

「僕は長らく各地の金持ちの奥様を相手に仕事をしていたんですが……けっこう夫の愚痴《ぐち》をセットで聞かされることが多くて、幻滅したというか、はっきり言って疲れたんです……」

どんな職業にも大変なところがあるものなんだな。

「それで、そういう汚れたところのない少女を崇拝《すうはい》するようになって、今に至ります。ちなみに、絶対に僕は少女を誘惑することなんてないですからね！　というか、僕の誘惑に堕《お》ちるような少女ならもはや興味の対象外ですから。それじゃ、淫婦《いんぷ》ですから！」

そうか、恋愛を知った女子はストライクゾーンからはずれるんだな。難儀《なんぎ》な性格の人だけど安全といえば安全だ。

「それで、魔界での事業も少し危うくなってきまして……オルベイン家の娘さんと結婚すればどうにかなるかなと……」

その様子をリディアさんが白けた目で見ていた。

「そのことを親父《おやじ》に聞かせたら、さすがに怒るよ。あんたが金持ちだって思ったから親父もお見合いやらせたわけだしさ」

それか、妨害した俺が怒られるかどっちかだろうな……。さっきのケルベロスって何度も出せるのかな……。でないと、今度こそ殺される気がする。

そんな不安を抱いている最中に、セルリアがやってきた。

再会を喜んでいるというよりも俺の心を読んだみたいな、不安げな表情だった。

「ご主人様たち、お父様が屋敷に来てほしいとおっしゃっていますわ」

メアリは平気そうだったけど、俺とリディアさんは少しびくびくしていた。

◇

結論から言うと、まったくの杞憂《きゆう》だった。

「いやあ、サンクス、サンクス！　君たちのおかげでセルリアが変なのに引っかからなくてよかったよ〜。君ら、マジファインプレー！」

チョイ悪親父は膝を打って喜んでいた。

応接室には彼のほかに、俺とメアリ、リディアさんの首謀者《しゅぼうしゃ》三人とセルリアがいる。

「あっ、俺たち、お咎《とが》めなしなんですね」

そこが一番大事だったりする。

「あのハルバルドってインキュバス、よくよく調べてみたら、事業に失敗しかけてて、けっこう借金もふくらんでたんだよね～。いや～、引っかからなくてラッキラッキーって感じ？　フランツ君だっけ？　これも君の愛の賜物《たまもの》ってな～。はっはっはっは！」

キャラ作ってる時は軽い人だな。しかし、こんなのとセルリアのお母さん、結婚したのか。金はあるみたいだけど、いろいろと問題ある気がする。

いや、そんなことはどうでもいいな。肝心《かんじん》のことを聞かないと。

「それで、セルリアは俺の使い魔を続けてもいいんでしょうか？」

相手の瞳を見て、身を乗り出して聞いた。

「うん、いいんじゃない？　つーか、最初から使い魔であることをやめさせるとは言ってないし。使い魔は使い魔、結婚は結婚ってことで考えてたから」

横から衝撃が来た。

セルリアがタックルでもするみたいに俺に抱きついてきていた。

「ご主人様、やりましたわ！」

「本当によかった！　また、一緒に頑張っていこうな！」

なぜか頰《ほお》がぬれた。セルリアが泣いていたのだ。

でも、これはうれし涙だから、全然困らない。むしろ、もっともっと泣いてくれ。

「いやあ、よかった、よかった」

隣ではメアリがほっと一息ついている。ほっこりしたいい笑顔だ。

「もし、フランツがこれで殺されることでもあれば、君たちの一族根絶やしにしても足りないぐらいだったよ」

これにはチョイ悪親父も蒼白になっていた。

「ははは……『名状しがたき悪夢の祖《そ》』の冗談はきついな……。そういうの笑えないよ……」

「なんで？　今冗談言わないといけない理由、どこにもないよね。ね？」

あらためてメアリが恐ろしい存在だということを再認識した。

「それじゃ、今日はゆっくり泊まっていく感じでどう？　ほら、過ぎたことは水に流す的なアレで……ははは……」

精神的に疲労困憊《こんぱい》したのは事実だし、そこはお言葉に甘えさせてもらおうかな。

セルリアの家はお屋敷だけあって、風呂も無茶苦茶《むちゃくちゃ》広かった。なんと、男女別々のお風呂があるほどなのだ。

しかも、大浴場だけでなく、露天風呂までついているという仕様だ。

「露天風呂ってはじめてだけど、開放的で気持ちいいんだな……」

俺は岩にもたれかかりながら、ゆったりとお風呂を堪能《たんのう》していた。青い月が、夜空を照らしている。

魔界は真っ昼間というような明るい時間はなくて、いつもぼんやりと薄暗いけど、これはこれで慣れてくると情緒《じょうちょ》があっていいかもしれない。

「そうだ、せっかくだし」

俺はぬれた手で岩に魔法陣を描きながら詠唱《えいしょう》をする。

インプたちがぽんと飛び出てくる。

「おっ、フランツさん、今日は何の仕事ですかい？」

ちなみに下級悪魔の場合は召喚した時に使用した魔力が給料のように相手に支払われる。インプは魔界では、森や沼地で自給自足に近い生活を送ってるらしいが、魔力がもらえると気力や体力がアップする。なので、呼び出せば来てくれるというわけだ。

「今日は仕事じゃなくて、せっかくだから温泉につかっていってくれ。福利厚生ってやつだ。興味がないなら戻ってくれていいし」

「よっしゃ！」「儲《もう》けた！」

そういった反応がある。よかった、よかった。

「あ～、ちゃんとかけ湯してから入れよ」

ケルケル社長に言われたことがあるけど、インプ召喚も奥が深いのだ。

インプの召喚に必要な魔力は、黒魔法使いによって基本的に変わらない。

となると、誰でも同じようにインプを使えるかというと、そういうわけではないらしい。

——以下、ケルケル社長の言葉。

「インプ召喚っていうのは、つまりインプをアルバイトとして雇っているようなものなんですよ。実はどのインプが呼ばれてやってくるかはインプ側が決めているんです」

「あっ、そうなんですか？」

インプの顔はほぼ同じに見えるから、あまりわかってなかった。

「そして、インプが得る魔力は誰に呼ばれても同じなので、労働条件で行くかどうかを選びます。この術者はいつもきつい労働をさせると思われれば、全然インプが来なくなります」

インプにずっときつい労働をさせていたらまったく来なくなって、倒産した会社などもあるらしい。

「ですから、まともな条件で使ってあげてくださいね。インプ界の人気者になってください」

そういや、学生時代も人気のあるアルバイトと誰も行かないアルバイトとかあったな。学生食堂の横に求人票が貼ってあったけど、ずっと募集中のものがあった。ああいうのは誰も行かなかった求人なんだろう。

インプたちは烏《からす》の行水《ぎょうずい》というか、ぱっと風呂に入って、さっと帰っていった。

「さてと、もうちょっとつかったら俺も出るかな」

しかし、その露天風呂に誰かが入ってきた。あのチョイ悪親父《わる》かな。ほかにも男の使用人だって働いてるかもしれないし、誰か来てもなんらおかしくないけど。

けど、そのシルエットを見て、予想がはずれたのに気付いた。

「もう、インプいすぎて騒がしくて入りづらかったし～」

リディアさんだった！

バスタオルを体にぴったりと密着させている。

体のラインがはっきりわかって、なまめかしい……。

「ど、どうしてリディアさんが……。ここ、男風呂ですよね？」

「うん、そうそう。ああしておけば、こっちにはまず、ほかに女はいないっしょ？　その逆もしかりで、女風呂にも男はいないよね～」

「ど、どういうことです……？」

バスタオルをくるくるとはがすと、リディアさんは俺の真横に入ってきた。

そして、ほっぺたをつっついてくる。

「フランツ君、セルリアのためにほんと体張ってたよね。ヤバいぐらいかっこよかったよ。こんなご主人様なら使い魔やるのも悪くないかもって思ったし」

「ありがとうございます。それは素直に光栄です」

褒《ほ》められるシチュエーションとしてはおかしい気もするけどな……。

「だから、ご褒美《ほうび》あげちゃおうと思ってね～。たくさん、接待するよ♪」

「せ、接待って……」

「そういう意味だよ♪　ちなみにセルリアからも許可済なんで。妹の恩人は姉もご奉仕しないとね～」

リディアさんにしっかりサキュバス的なことをされました。

◇

お風呂から出た俺は、しばらく魂が抜けたようにぼ～っとしていた。

むしろ、本当に抜けかけてないかと不安になったぐらいだ。

隣では、リディアさんがぱたぱたと鳥の羽で作ったうちわであおいでくれている。もう、服も着てくれているので安心だ。あくまでもサキュバスの服装なので、露出は多いが。

「いろんな意味でのぼせました。こういうこと言うの、おかしいかもしれませんけど、セルリアより濃厚でした……」

「だよね～。でもね、これが本来のサキュバスの仕事なんだよ。セルリアは違うんだと思う」

「どういう意味です？」

どうしたって、ひっかかる言葉だ。セルリアは半人前？　ってことだろうか。

「多分だけど、セルリアのは本当に愛し合っているっていうか、夫婦みたいな感じのだと思う。じゃあ、違いも出てくるよね」

「あっ……」

リディアさんの言葉の意味がわかった。

「サキュバスやインキュバスの本来のあり方からはずれてるかもしれないけど、セルリアがそうなったのには価値があると思うし、私は少なくとも応援してるよ。だから、セルリアのこと、よろしくね」

リディアさんがウィンクして笑いかけてくる。

俺は「はい」とうなずいた。

「サキュバスやインキュバスと真実の恋愛をするなんて無理だってしたり顔で言う奴は魔界にも人間の世界にもたくさんいるけど、私はそんなことないって信じてるから。あの子だって、性格悪い奴の対処法ぐらい教わってきてるから、フランツ君がダメな奴ならとっくに避けられてるよ」

「……もっと、セルリアを幸せにしてやりたいです」

なにせ、まだ俺とセルリアは出会って数か月しか経ってないんだから。

もっと幸せになってもなんらおかしくない。

「その調子で生きてけばいいと思うよ。じゃあ、メインが来たから私は去るわ」

リディアさんの視線の先には、セルリアが立っていた。

なぜか、セルリアがとても初々《ういうい》しく見える。

「よかったら、お庭を少し散歩しませんこと？」

「うん。ちょっと夜風に当たりたかったし。こっちの世界はずっと夜みたいなもんだけど……」

その日はセルリアと手をつなぎながら、ぐっすりと眠った。メアリも今日は一人で眠るからと、セルリアに譲《ゆず》ってくれた。

「ご主人様がそばにいてくれると、とてもほっとしますわ」

「俺もまったく同じこと考えてた」

隣に誰かがいてくれるってこんなに大事なことだったんだ。セルリアを失うかもしれない危機が来て、その意味に気づけた。

かなり疲れていたけれど、セルリアと一緒にいたら、すごく回復した気がした。

◇

有給休暇が終わったので出社したら、俺はすぐにお礼を言いに行った。

「社長！　ファーフィスターニャ先輩！　ありがとうございました！」

二人からアイテムをもらってなかったら大変なことになっていた。

「お役に立ててよかったです」

なんでもないことのように微笑《ほほえ》むケルケル社長。

一方で、ファーフィスターニャ先輩は無言でピースサインをしていた。

「初めての魔界、なかなか刺激的な体験ができたかと思いますが、ご無事でよかったですね」

「はい……。命の危機もありました……」

インキュバスを敵に回すのはできるだけ避けよう……。

「ですが、その体験がプラスに働いてるところもあるんですよ」

「脳内の魔法一覧をチェックしてみるといい」

二人に言われたので、実行してみる。

・インプ召喚
・悪霊召喚
・毒サソリ召喚（毒を弱・中・強から選択可）
・悪霊との会話
・精神支配耐性
・精神支配（中度）
・肉体弱体化（中度）

・生命吸収（中度）
・恐怖心増幅
・泥炭地歩行（同行三人まで可）
⇒次ページに続く

「あっ！　なんかパワーアップしている！」

二ページ目以降も魔法がちょこちょこバージョンアップしていた。これはどういうことだ……？

「フランツさん、魔界に行って疲れたと思いましたよね？」

「はい、そりゃ、もうくたくたでしたよ……。慣れない場所なうえに、とんでもないことにも巻き込まれましたから……。いえ、自分から巻き込まれにいったのかもしれませんけどね」

「その疲労の一部は人間が魔界に行ったのが原因」

ファーフィスターニャが今度はもう片方の手もピースサインにした。

「人間が魔界に行くと、高地トレーニング的な効果がある」

「そのたとえは割とわかりやすい！」

俺は魔界という土地でトレーニングをして、無意識のうちに強くなっていたらしい。

「とはいえ、ここまで劇的に変化があるというのはまずないですから、やっぱり才能があるんでしょうね」

「その才能妬《ねた》ましい」

天才肌のファーフィスターニャ先輩に言われるの、納得がいかない。

「これからもネクログラント黒魔法社でばりばり働いてくださいね」

「はい、もちろん！」

もっと活躍して、会社にも黒魔法業界にも貢献するぞ！

◇

その日、一人で帰宅して扉を開けた。ちなみに、今メアリはほかの場所で働いているので、帰宅は別々になることが多い。

すごくおいしそうな匂《にお》いがすぐに鼻をくすぐった。

エプロン姿のセルリアとすでに帰宅していたメアリが出迎えてくれる。

「おかえり、今日はセルリアがフランツにとことんいいものを食べさせたいらしいよ」

「ご主人様にご迷惑おかけした分、少しでもお返しをいたしますわ！」

一点の曇りもないセルリアの笑顔。

その顔を見れただけで、もう充分なんだけど。

「あれ、ご主人様、なんで泣きそうになっているんですの？」

セルリアとしては、こっちの反応が意外すぎて、よくわからないだろう。

「もしかして、玉ねぎが目にしみたのかな」

俺はそんなことを言ってから、そっとエプロン姿のセルリアを抱き締めた。

メアリも横でその様子を祝福するように見てくれていた。

「もう、このまま離れたくありませんわ」

「もちろん、俺も」

まだ新婚みたいなものだし、これぐらい甘い言葉を囁《ささや》いても許されるだろう。

それでたっぷり五分ほど抱き合っていたあと、もういいだろうとメアリが何やらロウで封がされた書類を持ってきた。

「これ、フランツ宛《あ》てだから。確認しておいてね」

ファントランド男爵様――とそこには書いてある。

「これ、配達ミスじゃないか。ファントランド男爵になってるし。でも、住所はここだな」

そこで、ふとあることを思い出した。

俺、魔法学校の決闘で勝って、男爵になってたんだ！

第二話

限界集落開発問題

そうだった、そうだった。

俺は魔法学校で、ドルクという貴族の五男から男爵の位と土地を譲《ゆず》られていたのだ。

男爵の位は貴族階級で一番下で、世襲《せしゅう》する権限がない。一方で他人に譲渡《じょうと》することはできるので、金持ちの商人が自分の名誉のためにその地位を買ったりすることが多い。

その男爵に俺はなっていたんだった。

これまで男爵に関連する書類も何も送られてきていなかったし、どこの土地かすら確認もしていなかったので、ずっと忘れていた。

「とりあえず、開けてみたら？　重要な書類の可能性も高いし」

たしかに書類はずっしりとしている。しょうもない通知というわけではなさそうだ。

中身は男爵としてサインをしてくださいといったものが多数。

権利がドルクから俺に移る関係で必要なものもあれば、現地のことでなんらかの許可を俺が出さないといけないものも混じっている。

許可といっても、サインさえすれば、あとはこれまでどおり、続いてたことが行われるだけのものだけど。

「たしかに、これは放置していていいものじゃないな」

中身自体は、サインをして関係各所に送ればいいだけのことではある。ちなみにその書類はファントランドという土地がある郡の役所から送られてきている。

「せっかくだから、そのファントランドってところにも行って様子を見てきたら？　休日に旅行感覚で行ってもいいと思うよ。腐っても男爵なんだし、元の所有者の別荘みたいなのぐらいはあるんじゃない？」

メアリの案は悪くないかもしれない。

「じゃあ、早速、調べてみるか。でも、全然聞いたこともない名前だな」

郡は全国に五百ぐらいあるので、メジャーな地名でなければ、ぱっと位置が確定できないことも多い。

地図帳を持ってきて、郡の場所をチェックする。

王都の北西にある、とんでもなく田舎《いなか》の郡だった。

しかも、そこの拡大図を見てみたら、ファントランドという土地はさらに山が迫っている斜面みたいな土地で、間違いなく地価も激安だろうということが想像できた。

「これは……正直あんまりうれしくない土地だな……」

そりゃ、ドルクも男爵の権利を譲ろうとするぐらいだ。

◇

二週間後。

俺はドラゴンスケルトンの天翔号《てんしょうごう》に乗って、ファントランドを目指していた。

「うん、なかなかの安全運転ね。その調子、その調子」

隣では天翔号の持ち主であるトトト先輩が腕組みして座っている。

「ご迷惑言ってすみませんでした。しかもせっかくの休みなのに」

「嫌だったら理由つけて断ってるわよ。ワタシにとってもお酒飲んで二日酔いで寝てるよりは、知らない土地に遊びに行くほうが有意義だし」

たしかにダークエルフのトトト先輩は、見た目からして活動的だ。

たんに服装の露出度が高いからかもしれないけど……。トトト先輩は薄着なうえに、自宅だと裸になる習慣があるのだ。

そんなトトト先輩に天翔号をお借りしたい旨《むね》を話していたのだ。話したといっても、トトト先輩の現住所は無茶苦茶《むちゃくちゃ》離れているので、魔法による通信で連絡したわけだが。

こちらが出した条件は「土日の二連休にドラゴンスケルトンを貸してほしい、食事はこっちが持つ、宿は男爵の資産である建物があるのでそこを使います」というもの。

無事にOKが出たので、こうしてファントランドを目指している。

狭い峠《とうげ》はドラゴンスケルトンが通れないので、大まわりになったりしたけど、五時間ほどでファントランドに到着した。

ここが俺が男爵として支配している土地だ！

……超が三つつくぐらいにはド田舎だった。

山がちな土地のすり鉢《ばち》の底みたいな盆地がその郡（バナバナ郡という弱そうな名前）なのだが、その中にまた小さな盆地や丘がいくつかある。

ファントランドはとくに人口が少なく、さびれている土地だった。

男爵の建物は斜面に立っているので、ファントランドの全景がよく見えた。

建物はほぼない。のどかにもほどがある。

「資料によると、戸数六、人口二十一人、うち十五歳以下の人は十歳の男の子一人だけですわね」

セルリアが資料を読み上げる。

「超限界集落じゃないか！」

「むしろ、限界集落というか滅亡集落じゃないの？」

メアリは人の生活がほぼ見えない景色を見て、あきれていた。

「男爵の持ってる建物もボロいというか、これ、元公民館の廃屋《はいおく》よね……。建物は頑丈そうだから、掃除《そうじ》すれば使えはするでしょうけど、これ、掃除しないとほこりっぽくて寝られないわよ……」

トトト先輩もげんなりしていた。連れてきた手前、責任を感じるな……。

けど、そこでトトト先輩はにこっと元気な笑顔になった。

「でも、いいわ。こういう休日もいいじゃない！　せっかくだし、立派な別荘地にしてあげましょ！　掃除なら天翔号で慣れてるしね！」

「ありがとうございます、先輩！」

「ここでワタシがテンション下げると、ほかのみんなが気まずくなるでしょ。こっちは社会人なんだから、それぐらいのことはわかるわ。この状況を楽しんであげるわよ」

わざとドヤ顔をして微笑《ほほえ》む先輩。

ほんとによくできた先輩だ。うちの会社、人間力高い人が多いよな。

そして、トトト先輩は元公民館から掃除用具を引っ張ってくると、

「よーし、掃除するわよ！」

と服をポンポン脱いで、全裸になった。

「ちょっと！　どうして全裸になってるんですか！」

「えっ？　だって、ここ、フランツ君の別荘って言っていい場所でしょ？　そこに招かれてるんだから、ワタシの家であるかのように振る舞っても問題ないわよね？」

「ああ、なるほど。それなら問題ない――ってそんなわけあるか！　そこは社会人なんだから、ちゃんとしてください！」

さっき社会人だからってドヤ顔したのはなんだったんだ！

「いいじゃん！　服だって汚れるんだから！　これはワタシのポリシーなの！　認めないと帰

りの天翔号は貸さないからね！」

「ずるい！　本当にずるい！」

こんなところ、徒歩で帰ったら何日分の無断欠勤になるか……。

結局、トトト先輩のポリシーに屈して、全裸で掃除してもらうことになった。

メアリが「ぐぬぬ……きれいな形で、しかも大きい……。いい体してて腹が立つなあ……」と謎の敗北感を抱いている以外はとくに大きな問題はなかった。

俺はやましい心は起こさないぞ、起こさないぞ、起こさないぞ……。

こんなところ、集落の人間に見られたら絶対に誤解される。とっとと終わらせて服を着てほしい。


トトト先輩が掃除に慣れていると言ったのは本当だった。

さらにセルリアも掃除スペックが高かったこともあって、三十分で公民館は寝泊まりができる程度の状態になった。

「ふう、どんなものよ。ワタシは一人暮らしだけど自堕落《じだらく》な女じゃないのよ」

「トトト先輩、裸で胸張られても、威厳が出ませんよ。というか、裸で胸張らないでください」

全裸でも堂々としてる分、そんなにエロさがなくて、そこは助かった。掃除中、ずっとムラムラするのはきついからな……。

「じゃあ、今から集落を歩きますから、服着てくださいね」

「わかってるわよ。ワタシだって裸で外を歩くほど非常識じゃないし！」

どの口が言うんだ……。先輩に服を着せて、俺たちはファントランドを歩いた。

歩いていると、人の好さそうな初老のおじさんがやってきた。

「ファントランドの村長をやっておる者です。あなたが、この土地の新しい領主様ですかな？」

「そうです、そうです。今後ともよろしくお願いいたします」

ちょうどいいし、この人から地元のことをいろいろ聞こう。俺たちからすると田舎にしか見えないけど、住民ならではの着眼点があるかもしれない。

「このファントランドの見どころって何かあります？」

「豊かな自然がたくさんあるところですな」

「意訳すると、ただのド田舎ってことだね」とメアリが言った。意訳しなくていい。

たしかに盆地の底に当たるところに大きな沼が目立つぐらいで、ほかは牧歌的な農村風景だけが広がっている。これで大都会ですとか言い出したら、それはそれで怖い。

「住人として、この土地をこうしていきたいとか、目的みたいなのはありますか？」

「ないですな」

即答かよ。

しかも、さばさばした顔で言われてしまったので余計に困った。

友人ほど距離感近くないから、自虐《じぎゃく》的な反応されても同意しづらいぞ。

「ほら、なにせ、こんな不便な土地に住む人間なんておりませんしな。この郡自体も発展しているとは言えませんが、それでもまだマシだと郡都《ぐんと》のほうにみんな引っ越していきます。そのほうがいろんな商店などもありますから。ここでは正直なところ、急病になっても医者のところに行く前に死んでしまいます」

それはいかんともしがたいところだ……。

とんでもない山中に住んでいれば、急病時のリスクなどは当然高くなる。老人が長生きするには、田舎より都市部のほうが安全などと言われているけど、つまり医者にかかるまでの時間の問題なのだ。

「はっきり言って、この土地が発展する可能性はありますまい。昔はもっとたくさん人が住んでおりましたが……」

さびしげな笑みを村長は浮かべた。時代の流れに逆らうことは誰もできないということだろうか。

「そうか、可能性、一つだけありましたな」

そこで何かを思い出したように、ぽんと丸めた右手で左の手のひらを叩く村長。

「ファントランド発展の方法、なくはないです」

「本当ですか！　ぜひ聞かせてください！」

これでも自分が領主をやってる土地なわけだし、どうせなら立派にしたいところだ。

「いえ、実のところ、その方法がいいのか私らも悩んでおるのです。それならいっそゆっくり滅んでいくほうがいいかもという気もしますしな」

すべてを諦めたような、乾いた笑いだった。

こういった立場の人は、こんな表情になることに慣れすぎている。

田舎を改革するぞと息巻いても、そうそう上手《うま》くはいかないからな。

「それにその決断をするのは領主であるあなた様ですから。たいていのことであれば、ここの住民は受け入れると思いますよ」

そう言うと、村長は去っていった。意味深ではあるけど、あの調子だとあまり語りたくない内容なんだろう。

けど、数歩進んだところで、村長が振り返った。

「ああ、今夜はせっかくなので、皆さんを接待させてください。領主様が来たらそうするのが昔からのならわしなんです」

「お酒飲めるの⁉」

トトト先輩がまず、そこに食いついた。

「はい、ありますよ。都会の方のお口にあうかはわかりませんが……」

◇

俺たちはその夜、村長宅での宴会に招かれた。

出てきたお酒はこの土地で作っているという真っ白に濁《にご》ったものだった。

「自家製のドブロンというお酒です」

なんかまずそうな名前だ……。

「これ、飲んでも大丈夫なものなの？」

メアリは少しおっかなびっくりという顔をしていた。

こんなに透明度の低い酒って珍しいからな。

「どうしても見た目の印象が悪いものでして……」

村長も自信がなさそうだ。本当に地元だけで消費しているものなんだろう。

「お酒なら、毒じゃないわよ。ワタシからいただくわ」

トトト先輩が物怖《ものお》じせずに口に入れる。元々、走り屋だっただけあって度胸がある。

ごくりと飲んで、目を丸くした。

「飲んだことのない味ね！　洗練はされてないんだけど、むしろ、それがいいポイントになっているっていうか……とにかく合格、合格！　むしろもっとちょうだい！」

俺も飲んでみる。酒好きの先輩が褒《ほ》めただけあって、たしかにこれはおいしい！

「ご主人様、いけますわ！」

「そうだな！　なんかいい酔い方ができそうだ！」

「え～。みんな、調子合わせすぎだよ。こういうのはわらわは率直《そっちょく》な感想を言うからね。まずい時はまずいって言うよ？　そこは魔族として媚《こ》びないからね――あっ、すごくおいしい！」

メアリ、やたら長いフリみたいなのは素なのか？

すぐに俺たちはお酒で酔っぱらった。

出てきた料理は全体的に味付けが濃すぎる気がしたけど、そのぶんお酒が進む進む。

村長もほかの村の人も、俺たちの反応に、胸をなでおろしていた。

「田舎《いなか》の料理なんて臭《くさ》くて食えないと言われるかとびくびくしていました……」

そう料理係のおばさんが言っていた。そこまで卑下《ひげ》しなくてもいいのに……。

「お酒もおいしいですし、いいところじゃないですか、村長」

いい気分になって、顔を赤くしながら俺は言った。

「いえいえ。いつもは娯楽の少ない、つまらない生活ですよ。だから、人口も減っていってるんです」

やっぱり村長は悲観的だ。もう少し展望とか語ってほしいけど、それは難しいか。

「俺、腐っても領主なんで、少しはこの土地のために何かしたいんですけど」

「いえ、そんなに気にしなくていいですよ。滅ぶものは滅びます。それがさだめなんです。だから、このドブロンもいずれなくなるでしょうね。昔はこの郡の各地でやってたらしいですが、もう、この集落でしか作っていませんし」

長い歴史の間に消えていった伝統も多いのだろうけど、ドブロンもそうなるのか。

◇

少しだけしんみりして、俺は宴席の場をあとにした。

何か発展によい案はないかなと考え事をしながら、それと酔い覚ましも兼ねて、大きな沼のあたりを散歩する。

「ご主人様、沼に転落しないでくださいね？」

「いや、そこまで悪酔いしてないから大丈夫だって」

水辺って絵になるというけれど、沼は夜という以上にどこか薄暗くて不気味だった。だからこそ、黒魔法では沼に関する魔法があったりするわけだけど。

ふと、何かに足をつかまれたような感触があった。

なんだろう、水辺の植物にでも引っかかったかな。

足下を見ると——本当に何者かの手が俺の足をつかんでいた！

「うわあああああっ！　誰だ、誰だ！」

まさしく、それは恐怖体験といってよかった！

まさか、このまま沼に引きずりこまれるってやつだろうか。落ちない自信はあったけど、向こうから引っ張られるとなると、それは全然話が違ってくる！

しかし、幸いにもというか、その手はぱっと離れた。

それから、ざぱんと沼に戻っていった。

「た、助かった……。いったい、今のは何だったんだ……？」

怖くなって、その場にへたりこんだ。こんなにぞっとしたのは久しぶりだ。

「フランツ、大丈夫？　変なことされなかった？」

メアリがすぐに俺の前にやってきた。

「足をつかまれただけだ……」

「何かいるのかな。沼を滅ぼせば、その問題も解決するよね」

その解決方法は少しばかり、アグレッシブすぎる。

「待て、相手が何かわからないし、もうちょっと平和的にいこう……」

「平和的も何も、こんなところに棲《す》んでるんだから、まともな人間じゃないよ。フランツの足がつかまれたのがその証拠じゃない。ちょっとばかし地獄の業火《ごうか》で焼き尽くして蒸発させるだけだよ」

「それ、沼だけじゃなくてこの集落ごと滅亡するだろ！」

俺とメアリが言い合っていると――

ざぱあっと白いワンピースを着た黒髪の女の子が出てきた。

沼から出てきたのだから当たり前かもしれないけど、その髪はびしょびしょに濡れていた。

それと、服も濡れているので透けていて、下着が見えそうだ。そこは夜なせいで、そんなにはっきりわからないけど。

「あの……ごめんなさい。まさか、人がこんなところにいる、思ってなかった……。いつも、このへん生えてる草引っ張ってた。間違って、足引っ張ってた……」

カタコトでしゃべりながら、ぺこりと頭を下げる女の子。

「いえいえ、びっくりしたけど、わざとじゃないなら別にいいです」

害はなさそうなので、俺も無難な応対をする。

「あの、あなたは何者ですの？」

あとから来たセルリアがもっともなことを聞いた。

「……沼の近くに棲むトロール。沼トロールと呼ばれてる。がうがう」

その子は少し、うつむき気味にそう答えた。

「あれ、トロールってもっと大きくなかったっけ……？」

腰みのひとつで棍棒《こんぼう》振り回してるイメージがあったんだけど。

「ああ、水辺で暮らすようになった種族は小型化していったんでしょ。ちなみに、トロールはもともと魔族で、古くに魔界からこっちの世界に移住した種族だね」

メアリが解説をしてくれた。でも、やっぱり本人から聞いたほうがいいな。

沼のほとりで彼女から受けた説明によると――

「私たち、この沼、古くから暮らしてる。環境変わらなくて、住みやすい、いいとこ。今は木と草でできた建物で、五十人暮らしてる。がうがう」

――ということらしい。

たしかに沼の隅に人工物らしい掘っ立て小屋があるように見える。

あと末尾につく「がうがう」がかわいいな。

「そっか。君たちも暮らしてるんだね。あれ、でも……ここの人口二十一人って資料にあったような……」

五十人となると、倍以上オーバーしてるじゃないか。

「多分、トロール、数に含まれてない。その分、税金払ってない。自給自足。魚と草取って焼いて食う。がうがう」

「登録されてない先住民ってことか……」

よく見ると白いと思った服もけっこう薄汚れている。多分、古い服をどこかで調達したのだろう。

「私、三百五十年前に生まれた若い世代。だから、人の言葉しゃべれるが、母、父は無理。ががう」

そんなに長く生きてるのか、トロールって……。

それより、どうしても気になることがあった。

あまり聞きたくなかったけど、領主である立場上、聞かないわけにもいかない。

「あのさ、君たちは人間の住民とはケンカしてないの？」

まず、沼トロールは大きく右手を横に振った。否定の意味らしい。

「昔はあったかも。でも、沼地湿ってる。人間住めない。病気なる。だから、この二百年問題ない。ケンカない」

「人間は魚をとったりとかはしないの？」

「沼の魚、泥臭い。人間嫌がる。草も嫌がるの多い。トロールおなか丈夫。しっかり消化できる」

俺はほっとする。自分の領地で深刻な対立とかあったらシャレにならないからな。

「それで……あなたが領主様がう？」

その子が顔を近づけて僕のほうをまじまじと見る。種族のせいか、くりくりと大きな瞳だと思った。けっこうかわいいけど、そういう発想は一度脇にどけよう。

「う、うん、そうだけど……」

俺は少したじろぎながら答えた。

「こ、これからもよろしくお願い……」

その沼トロールが、いきなり背中を大きく曲げた。

お願いされている意味がいまいちよくわからない。

「この沼を埋められたりしたら、みんな暮らせなくなるから……。領主、その権利がある……がうがう……」

それで得心がいった。

たしかに法的には沼トロールは無許可で沼を使用していることになる。立ち退きを要求することはおそらくできる。

だから、多分、沼トロールたちは今まで領主が来た時はこうやってお願いしていたんだろう。

「顔あげて」

ゆっくりと不安そうに彼女が頭を起こす。

「これまでどおりでいいよ。これまでの領主も認めてきたからみんな暮らしてたんだろ？」

「そもそもここをチェックに来る領主、少数。わからない。がうがう」

マイナーすぎて無視されてきてたのか……。

「とにかく、俺はここを何かに使うつもりもないし、問題ないよ。君たちの何も脅《おびや》かさない」

悩むところもないし、あっさりと俺は言った。

「ありがと。領主の言葉信じる。みんなにも言う。がうがう！」

何度もその子が頭を下げたので、濡れてた頭の水がちょっとかかった。

去り際、俺は一つ質問をした。

「君の名前は？　俺はフランツ」

ずっと、その子の名前を聞いてなかった。

「ホワホワ」

変な名前だなと思ったけど、キャラにはよく合ってたかもしれない。

「じゃあ、またね、ホワホワ」

「領主そんなに来ないんじゃ？　あんまり会わない気がする。がうがう」

それもそうだろうか。

沼の横のぬかるんだところをホワホワは走っていった。

よく見ると、沼の近くで生えている木の上に小屋みたいなものが見えて、灯かりがついていた。

家族らしき沼トロールがホワホワに手を振っているのが見えた。

「沼トロールにも家族愛はあるんだね」

メアリがしんみりした顔で言った。

◇

これで男爵としての仕事は終わったので、俺たちは翌日、天翔号で王都のほうに帰宅した。トトト先輩ともそこで別れた。

こうして、またいつもどおりの日々が訪れるはずだったのだけど——そうはいかなかった。

帰宅して、セルリアが作ってくれる夕飯をメアリと一緒に待っている時間だった。

コンコン、とドアがノックされる。

ドアを開けると、上等な絹の服を着ている商人風の男がいた。

鯨《くじら》ヒゲがピンと立っている。

「夜分に失礼します、王都パラディン商会の都市開発部の者です」

最初、訪問する家を間違えていると思った。

「俺、新卒一年目の会社員ですよ。御用はほかの家じゃないですか。仮にここを開発するとかって話でも、ここは社員寮なんで会社に言ってもらわないとダメですし、物件買うお金は一年目なんで持ってません」

どういう条件でも俺に当てはまるものは何もないだろう。

いくら会社の給料がよくても土地も建物も買えない。

「ここはフランツさんのお宅ですよね？　ファントランドの男爵をやっていらっしゃいますよね？」

「あ、そうか、名義上は俺、男爵なのか」

となると、お金も持ってると認識してるんだろうか。税金は納入されるけど、戸数六件の土地だから、スズメの涙もいいところだ。

「男爵ですけど、限界集落ならぬ限界突破集落なんで、お金はないですよ」

「いえ、こっちが何かを売りつけようという話ではありません。むしろ、売ってほしいのです」

よくわからないけど、玄関先で立たせたまま終わる話でもなさそうだ。

中に招き入れて、話の続きをすることにした。

メアリは警戒した顔で遠目から相手をにらんでいる。

「端的に申します。ファントランドの土地を売っていただきたいのです。厳密には男爵の権利を売るということになりますかね」

たしかに男爵の権利は一代限りだから、手続きを踏まえれば割と簡単に売ることもできる。

俺だって同級生から決闘で勝った報酬《ほうしゅう》としてもらったぐらいだ。

「絶対に使い道がない土地だと思いますけど……。誰か男爵の地位がほしい人がいるんですか？」

それぐらいしか理由が思いつかない。とにかく俺は貴族のはしくれだと叫びたい金持ちがいて、男爵の位が金になるとか。

「いえ、そういう用途ではございません。男爵の位なら、お金を出すと言えばいくらでも手放す方がいますので。それの仲介程度《ちゅうかいていど》ではほとんどお金になりませんね」

ファントランドが自分のふるさとなわけでもなんでもないけど、使い道がわからないまま売るのは気味が悪い。

「土地の利用目的を教えてもらえないと、領主は領主なので無責任に手放すわけにはいかないです」

そこに――とん、とん！　とティーカップが二つ強めに置かれた。

メアリが持ってきたらしい。これは相手への牽制《けんせい》を含んでいるんだろう。

もし、この相手がメアリを『名状しがたき悪夢の祖《そ》』と認識していたなら、すくみあがるだろうけど、そんなのわかるわけないよな。

「といっても、適当な理由でウソをついたらダメだよ。その場合は一年は悪夢を見続けて、不眠外来にかかることになると思ってね」

メアリが釘を刺す。たしかに、この商人が俺を誤魔化《ごまか》そうとするおそれもあるもんな。

「はい、その計画書も持ってまいりました。ささっ、ご覧ください」

相手がテーブルに広げたのは何かの建物の絵だった。

巨大な城かと思うような、四階建てはある重厚な建築物で、そのくせ、外観は明るい色ではなやかだ。建物の付近では楽しそうに歩いている家族連れの姿も見えるし、人を運んでいる馬車も描いてある。

絵の上部には「完成予想図」の文字。

「なんですか、これ？　でも、どこか見覚えある景色のような……」

「はい、ファントランドにバナバナ郡最大の商業施設をオープンする計画なんです」

「商業施設⁉」

「はい、まず一階には雨でも安心の市場を展開、二階には衣類や寝具・その他雑貨など、衣食住の『衣』と『住』に対応。三階には理髪店や骨接ぎ師などのほかに郡最大の書店、さらに飲食店の通りを、そして最上階には郡最大の劇場を置いて、毎日喜劇を公演する予定です」

なんか、とんでもない話になってきたぞ……。

相手はその詳しい資料をテーブルに置いた。

量が多すぎてすぐに読み切れないけど、かなりガチであることはわかった。

「地元民にとったら夢の城かもしれないけど、こんなド田舎《いなか》に作ってもダメなんじゃない？　もっと都市部に作るべきだよ」

メアリはお茶を持ってきたまま、席に居残っていた。それはもっともな指摘だと思う。

「おっしゃることはわかります！　ですが、それもこの大型竜車でどうにかできます！」

「あれ、この馬車の絵、馬じゃなくて、違う生物なのか……」

「それはドレイクですね。ドレイクのスケルトンをそれなりに集めています。一つ、定員二十人のものを郡の各地に巡回させて、この商業施設に連れてくるようにいたします」

ドレイクスケルトンか、ドラゴンスケルトンの小型バージョンみたいなものか。

とうとうと、その人は語る。

この計画がかなりの自信作なのか、生き生きとしていた。

「バナバナ郡でやるにしても、もっと人口が多い都市部でやればいいじゃん」

メアリはとにかく懐疑《かいぎ》的だ。

「しかし、田舎の郡でも郡都のあたりは、土地がまだ高いですし、これだけの土地を探すとなると、大変です。しかし、ファントランドなら土地は余りまくっているうえに激安です。建設費用を大幅に安くできるので、結果としてテナント代も抑えられます。これで違う土地からもチャレンジしたい人を呼び寄せるのです」

くそっ！　こうして話を聞くとすべてが完璧《かんぺき》のように聞こえてきて、自分で思考することができなくなる！

その分、メアリが一貫して疑いの視線を向けてくれているのはありがたい。

大きなお金が動くだろうし、一方的に丸め込まれるのは怖い。

「ちなみに、住人はどう思ってるの？」

またメアリが厳しい表情で質問する。

「大きく土地の空気が変わるから、領主が納得しても住人が全然折れてなければ、やすやすと許可は出せないよ。領主としても住人とまっこうから対立したくないからね」

メアリは偉い魔族だけあって、こういう交渉は得意なんだろうか。

「はい、事前にアンケートをとってまいりました。二十人中十七人が賛成、反対が二人、どちらともいえないが二人でしたね」

違う資料がテーブルに置かれる。

あっ、地元でも望まれてるのか。

「となると、領主としては、これを素直に認めるのがいいってことになるのかな」

「そうです、そうです！　ここはぜひともお若い領主様として英断を！」

けど、なぜか胸騒ぎがした。

本当にこれで全部懸念《けねん》がなくなっているのか？

冷静になれ。俺はこれでもこのファントランドの領主なんだ。

もう一度、俺はその完成予想図に目をやる。

どうも、大事な点が抜けているような気がしたんだ。

「ちなみに住人の方の賛成理由を並べますと、一、近くにお店ができてありがたい、二、これまで静かすぎたのでにぎやかになるぐらいのほうがいい、三、さびれてゆくファントランド再生の可能性がある、などです」

俺が黙っている間も、向こうはいい点を並べていく。

ある意味では、ファントランドが栄えるというのは間違いないんだろう。これほど巨大な複合施設を作れる場所なんてそうそうない。ファントランドにとっては起死回生のチャンスだ。

……いや、違和感はこれか。

この商業施設は、あまりにも大きすぎる。

「すいません、ファントランドはたしかに土地は余ってると思うんですけど、大半は斜面で平地は少ないんですよね。こんな建物を作る場所なんてありましたか？」

そりゃ、一軒家ぐらいなら、いくらでも建てられるだろうけど、そういう規模じゃない。中に市場をそのまま入れて、まだまだ余裕があるほどってことは、町そのものってぐらいに大きくなきゃダメだ。

「もちろん、建設予定地の選定もしております。きっとご納得していただけるかと考えております」

「俺、ファントランドに行ったこともあるんですけど、とてもこんなに土地はなかったですよ」

「ああ、建設予定地は沼の上なんです。沼を埋め立てて作るんですよ。それなら、大規模な平坦地を作れますから」

なるほど、それなら土地も足り――――違う違う、それはダメだろ。

沼には沼トロールが棲《す》んで、いや住んでいるはずだ。

「山を切り開いて、ファントランドに入る新しい道を作り、そこで出る土砂を沼の水を抜いた後に流し込みます。これぞ一石二鳥ですな。もはや勝ったも同然です」

「……申しわけないですが、この土地をお渡しすることはできません」

俺は乾いた声で言った。

「沼を守るのもまた、領主のつとめなんです。そこは説得されて変わるものではないですから」

「そんな……。もしや、王国の重要文化的景観に登録されている沼なのですか？　私どもで調べた範囲では、そういった指定もなくて、すぐに開発できる土地のはずですが……」

「いえ、そういうわけではないです。ただ、このだだっ広い沼で暮らしてる存在もいますから」

「魚や虫はおるでしょうな」

この人は沼のことを本当に知らないのだろうか。だとしたら、こういう反応になってもしょうがないか。

「実は、あそこの沼には沼トロールという種族が暮らしてるんです。一種の先住民で、都市にまったく出てこない自給自足の生活なんで、税も取ってないのですが」

「つまり、王国の民ということにはなってないのですな。ならば、彼らが行使できる権利はありませんね。たしかに、現地に行った時に、沼を守ってほしいと言ってたずぶ濡れの人がいた気がしますが」

えっ？　知っててこの計画を進めようとしてるのか？

「ここは立ち退いてもらいましょう。沼ぐらい、どこにでもありますから。命を奪うようなことはこちらもしませんよ」

「いえ、でも、沼トロールにも今の生活が……」

「沼トロールにはそういった権利はありませんから。それに、男爵様からすると、むしろ権利を侵害されているのですよ？　沼を無許可で使われてるわけですから」

この人の表情はこっちにケンカを売ってるのではなくて、思った以上に真剣だった。

「領主は民を守る代わりに、民は領主に税を払うのです。しかし、沼トロールは男爵様に何の支払いもしていません。それで土地を守ってほしいというのは、勝手というものではないでしょうか。もし、自分が領主なら腹が立ちますね」

そういう見方もあるのか……。

一理はある。領主としての職務を考えれば、領民のために望まれている大型商業施設を作るように取り計らうべきなのだろうか？

でも、ハチの巣を一つ壊すのとは規模が違うし……。

新入社員のつもりでいたのに、いきなり人の上に立つ者としての決断を求められている……。

俺はどうしたらいい……？

「さて、今日のごはんが気になるし、席をはずそうかな」

説明口調でメアリが椅子《いす》から立ち上がる。えっ？　ここで出ていくの？

けどメアリは俺の横を通る時、さらりと、こうつぶやいた。

「フランツが正しいと思うことをしなよ」

メアリの言葉に、俺は心の中でありがとうとつぶやいた。

そうだよな。領主は俺なんだ。だから、俺が決めることがすべてだ。

そりゃ、メアリも席を外すさ。メアリが決めたら俺をないがしろにすることになるし。

小さく口を開けて、息を吸って、吐いた。

「申し訳ないですが、男爵の地位は譲《ゆず》れません。あの沼には愛着がありますので」

「そ、そんな！　ああ、まだ値段の交渉の話をしていませんでしたが、一生働かずにすむぐらいの額は提示いたしますよ！」

「いえ、お金じゃないんです。俺、沼トロールの少女と約束したことがあるんです。この沼は守るって。男爵の約束は守らざるをえませんから」

お金は、正直なところ惹《ひ》かれはするけど、ここで沼トロールを見捨てることを選んだら、一生後悔《こうかい》して生きていくことになると思った。

だったら、楽しい人生なんて絶対に送れない。

楽しくない人生でお金だけあっても、あまり意味がないよな。

「ということで、お引き取り願えませんか？　お金の額を吊り上げろとか言ってるわけじゃないですからね。沼が消滅する以上、ＯＫはできませんので」

「あの、もう少しだけお話を！」

──と、キッチンのほうから、「ふふふふふ」と不気味な笑い声が聞こえてきた。

「ご主人様、そろそろ料理は完成するんですが、メインディッシュがありませんわ～。あら、おいしそうな肉塊《にくかい》がありますわね～。ふふふふふふ～」

そのわざとらしい声は演技だとすぐにわかった。

だけど、その業者は何が起こっているんだという顔をしている。

「俺、黒魔法の使い手で、よく肉を喰らう使い魔を使役《しえき》しているんです。使い魔は夜は凶暴なのでそろそろ帰っていただいたほうが──」

「は、はい！　失礼します！」

業者は、あわててドアのほうに走って帰っていった。

あとには、大型商業施設の資料だけが残った。

「ご主人様、決然とお断りしましたわね。かっこよかったですわ」

料理を持ったセルリアがやってきた。メアリもうなずいているけど、あれはかっこよかったという部分の同意だろうか。

「セルリアも演技《しばい》ありがとうな」

「あんな大根芝居で怖がるとか、こっけいでしたわ」

食事中、セルリアとメアリにやたらと褒《ほ》められた。

「ご主人様は本当に男の中の男ですわ。あそこでしっかり断れるんですから」

「わらわがお兄ちゃんに近いところを感じたのも、そういったところがあったかもしれないね」

セルリアはにこにこしながら、メアリは表面上はクールに。うれしいけど、一方で歯がゆさみたいなのもある。

「そんな、たいそうなことしてないだろ。選択権が俺にあるから、断っただけのことだ」

「けど、普通の小市民ならお金に目がくらんだかもしれませんわ。ほら、わたくしと結婚して財産を狙おうとしたインキュバスの方もいらっしゃったじゃありませんか」

ああ、あのロリコンか……。金のために自分のストライクゾーンからはずれたセルリアと結婚しようとしたぐらいだもんな……。

とはいえ、好みじゃなくても、セルリアは美少女なので、ちょっと反則ではという気がする。そこは金のためならドロドロのナメクジみたいなのと結婚するぐらいの気概《きがい》を見せてほしい。

セルリアの作ってくれたシチューはおいしいけど、今日は素直においしいと思えない自分がいる。課題はまだ残っている。

「俺はお金に困ってるわけじゃないしさ……。給料もそれなりにあるんだし。もし、年収が銀貨十一枚とかの職業についてたら、もっと迷ったかもしれないし……」

結局、生活が安定してる人間の決断なので、絶賛されるほどのことじゃない。

生活が安定してるってことは、つまり選択肢《し》が多いということだからだ。

「だとしても、沼トロールの方々を守ることを選んだのは立派なことですわ。お金持ちでも、あそこで沼トロールを見捨てた方はいくらでもいたはずですし！」

「ありがとうな、セルリア。でも、心残りはまだあるんだ」

俺は業者が残していった資料から、とある一枚を出した。

住民アンケートの結果だ。

「アンケートに答えた人のうち、二十一人中十七人が賛成。つまり、ファントランドに住んでる人の要望は、商業施設を作ってくれってものなんだ。俺は住民の意向を蹴《け》ることを選んだ」

セルリアもどう返事をしたものか迷ったらしく、ちょっと間が空いた。

そう、答えはそんなに単純ではない。

まだ問題は続いているのだ。俺が領主である限り。

「領主が住民のことをすべて聞かないといけないなんて法はないよ」

メアリは大人な態度でフォローしてくれる。

「うん。けど、領主は住民の幸せも考えないといけないとは思ってる。そこにいい落としどころを見つけられないか、もうちょっと探っていくつもりだ」

男爵って想像以上に難しいな。こんなことなら、もらうべきじゃなかった。

まあ、一方的に渡されたっていうほうが実情だけど……。

それでも、まだ俺は逃げる気はないぞ。

そこで、メアリが大きくため息をついた。

「フランツ、君は善人すぎるよ。もっと、どこかで割り切って悪人やったほうがずいぶん楽なんだけどね……。ほんとにバカだなあ。だから、信じられるんだけどね」

バカにされてるのか、褒められてるのかどっちなんだろう。後者のつもりで受け取っておく。

「すべてを丸く収めることはすごく難しいけど、あえてそれを実現しにいく。多分、そこがフランツの弱点と同時に、強さなんだと思う」

「どっちだかわからない発言ばっかりするな……」

やっと、メアリの表情がゆるむ。（見た目の）年相応の笑顔だ。

「褒めてるよ。普通なら投げ出すところで投げ出さない、それをやれる者だけがすごい奴になれるんだから。君は将来、本当に本当に偉大な黒魔法使いになるかもね」

「持ち上げられるのはありがたいけど、別に毎日厳しい修行してるわけじゃないしな……」

話半分に聞いておくぞ。

「なぜなら、ほどほどで諦める人間は、ほどほどの黒魔法使いにしかなれないからさ。道を極める人物は、愚直《ぐちょく》な性格ってほぼ相場が決まってるの」

セルリアも深くあいづちを打ってから、俺とメアリに減っていたお茶を淹《い》れてくれた。ちなみに、先日お見合い騒動で魔界に戻った時に買ってきた魔界のお茶だ。

「メアリさんの言葉、すごくわかりますわ！　そうなんですわ！　ご主人様はぶれないんですわ！」

ぶれない、か。

じゃあ、なんとか住民も幸せにする方法を見つけるのが俺の道だな。

そのためには、住民の要望を聞くところからはじめるしかない。

もし、代替《だいたい》できるものなら、その代替方法を考えていけばいいし。

「やれるだけやってみなよ。わらわも応援するよ。たとえ人間のあらゆる国家が敵にまわっても、わらわはフランツのために滅ぼし続けるから」

それ、ガチで滅ぼし尽くされそうだから、怖いんだよなあ……。

◇

その日から俺はファントランドについて調べはじめた。

資料は会社の地下にあった。

「終わったら教えてくださいね」

社長に調べものがしたいと申し出たら、会社の地下書庫を教えてくれたのだ。もともと、お城の貯蔵施設だったらしい。籠城《ろうじょう》した時のことを想定していたんだろう。

地下には無数の本がずらっと並んでいる。黒魔法の本以外もしっかり置いてある。

「こんなところがあったんですね！　助かります」

「あと、絶対に夜八時には閉めます。それまでに私に書庫のカギを返してくださいね。そして、ちゃんとおうちに帰ってゆっくりくつろぐこと、家族とだんらんの時間を持つこと。これは必《ひっ》須《す》事項ですよ。深夜まで本の虫なんてことはダメですよ！」

人差し指をぴんと突き立てて、社長が注意する。これは絶対に守らないとな……。

「はい！　ちなみに……もしや俺が帰らないと社長も家に帰れないとか……？」

建物の施錠《せじょう》の問題がある。社長も帰れないのは罪悪感が……。

「それなら心配いりません。私、ここに住んでますから♪」

「え……？」

書庫がある廊下《ろうか》の奥に別室の引き戸式の扉があるが、こんなプレートがかかっていた。

〈ケルケル　リビング〉

そっか、地下室は社長のプライベートな空間でもあったのか……。

ほかにも〈ケルケル　お風呂〉とか〈ケルケル　トイレ〉といったプレートがついているところもある。

「じゃあ、フランツさんの調べ物の間にお風呂入ってます。でも、のぞかないでくださいね？」

「だ、大丈夫です……」

なんか、フリっぽいけど、のぞいたらダメだろう。

俺はファントランドのあるバナバナ郡について、一から調べることにした。

もちろん、ざっとした情報は過去に仕入れた。でも、それだと足りない。なので、地下の書庫で関連書籍をあさる。

そこに住んでいる人を幸せにすること、幸せを考えること。

そのためには、まずは相手のことを知らないとわからない。

俺が愛読していた小説だと、主人公の教師が生徒の名前を必死の努力で覚えていたシーンがあった。

名前もわからない相手と仲良くするというのは可能か不可能か置いておいて、その前に失礼なのだ。敬意が足りてない。

それは名前だけに限らない。その土地の歴史、文化、風土、抱えてる問題点――そういうことを知っていけば、どこかに答えは見つかる……かもしれない。

もちろん、あらゆる手を尽くした結果、この村は手放すしかないなんてこともある。

たとえば、炭鉱《たんこう》が閉山してしまった場合の炭鉱村なんかがそうだ。山の男がごそっといなくなってしまって、自治体として機能しないなんてことはある。

ファントランドを栄えさせるには、特効薬みたいなものがいる。変化がいる。

そのための案の一つが大型商業施設なのは確かだと思う。

けど、もっとほかの方法はないか？

五冊ほど本を広げて、案が一つ浮かんだ。

住民が納得するかわからないけど、何も提案できないよりはマシだろう。

まだ八時までにはだいぶ時間があった。社長とのルールは守れたな。

書庫のカギを渡して、帰ろう。

ただ、書庫を出たはいいものの、社長はどこにいるんだろう？

〈ケルケル　リビング〉と書いてある扉をノックしたけど、何の反応もない。〈ケルケル　トイレ〉という扉を叩いたけど、こちらも反応なし。

「そっか、お風呂入ってるって言ってたな……」

俺はお風呂の扉をノックした。扉といっても、古城だからか、やけに分厚い石造りだ。反応はない。というか、ノックの音が向こうまで聞こえてないのかもしれない。

一般的に考えて、開けてすぐに浴槽《よくそう》ということはないはずだ。まず、確実に脱衣場が手前にある。なので、ここを開けて、声を出せばいい。うん、問題は何もない。

ゆっくりと重い石の扉をスライドさせる。

うん、脱衣場があった。

それと、思いっきり裸で頭を拭いている社長の姿があった！

ああ、ちょうど、お風呂から出てる時間だよな。そうだよな……。

「すいませんでしたっ！」

すぐに扉を逆方向にスライドさせる。

お尻から尻尾《しっぽ》が生えているところもしっかり目に焼き付いてしまった……。

けど、その扉に内側から力がかかった。ケルケル社長がなぜか扉を開こうとしている！

「フランツさん、別に閉めなくてもいいじゃないですか」

「のぞいてしまいました、ごめんなさい……」

「浴槽に入ってきたなら問題ですけど、これぐらいは許します。も、もう少し深い仲ですし……」

「で、ですけど、あれは業務なんで……」

少なくとも俺から言うのは絶対にセクハラなのでできない。

黒魔法を習得する時に、社長とそういうことをしたことがあったのだ……。

「あの、よかったらお風呂入りませんか？　調べ物の後のお風呂は気持ちいいですよ？　書庫はほこりっぽいですし」

その提案はかなり魅力的で、結果として俺はそれに乗った。

地下のお風呂は大浴場と言っていいサイズだった。社長、すごくいいところに住んでるな。

でも、社長だから当たり前か。

そして、浴槽にはなぜかさっき入ったはずの社長がもう一度つかっている。

もっとも、すでに裸は見ちゃったし、別にこれぐらいはいいのだろうか。ダメだったら入ってこないか。

それと社長に聞いてもらいたいこともあった。

「ここ最近のフランツさん、何か大きな考え事をしていらっしゃいますね」

隣に並んでる社長に言われた。

「やっぱりわかりますか」

「この会社、社員数が少ないですから、よく目が届くんです」

たしかに……。少数精鋭で、しかも大半の社員は俺がまだ見もしてない次元だしな……。

「社長、以前、社会のため、人のためという要素は忘れてはいけないって話してましたよね」

「はい。会社がそれを忘れると、暴走しますからね。お金儲《もう》けが目的になると、お客さんをだましてもいいとか、社員をこきつかっていいとかいうことになってしまいます。そういう会社があることは事実ですが、自分ではそういう会社は作りたくないです」

うん、会社というのは何かの役に立っているから存在意義があるものなのだ。

会社のための会社というのが理念としておかしなこともわかる。

人のためにならないなら、人を害するなら、それじゃ会社という名前のモンスターと同じだ。

しかし、話はそう甘くない。

「俺もそういう意識は持ってたつもりです。でも、人の利益と利益がぶつかる時っていうのもありますよね。そういう時はどうしたらいいと思います?」

自分の中であがく方向性は決めていたけど、人生の先輩に聞きたいとは思った。

「う〜ん、そうですね〜」

社長は犬かきで広い浴槽を泳ぎ出した。考え中ってことだろうか。

そして、また同じところに戻ってきた。

「泳ぎながら考えてましたけど、名案は出てきませんね」

「それは、そうかもしれませんね……」

そして、さらっと笑いながら社長は言った。

「最後の最後は、フランツさんが正しいと思うことを、やるしかないですよ。私からは以上です」

「ですよね」

ほっとしたような、拍子抜けしたような、変な気分だった。

「絶対的に正しい道があったら、誰も悩みませんからねぇ。私だって過去に恨まれた経験は何度だってあります。時には適正価格でまともな仕事をしてただけなのに、安かろう悪かろうの会社が勝手につぶれて、逆恨みされたこともあります」

「でも、恨まれたら傷つく時もありますよね。そういう時はどうします?」

「悲しければ、泣きます」

また、さらっと答えられた。

「社長が泣いてるところ、あんまり想像できないですけど」

「そんなことないですよ。泣く時は泣きます。そして、また立ち直ります。もちろん、ほかの人に慰《なぐさ》めてもらったりしながらです」

ぽんぽんと社長が俺の背中を叩く。

「がんばってる人の背中を押すことって、本人以外にしかできないんですよ」

お風呂以上に社長の気持ちがあたたかい。

「男爵のチャレンジ、応援してますよ。もし傷ついたら、私が慰めてあげますから」

社長、すごくうれしいです。けど……。

「お風呂でその表現はまずいです……」

裸の社長を前にして、あらぬ方向に想像が……。

「あっ、そうでしたね！　配慮《はいりょ》が足りませんでした！　先に上がっておきますね！」

俺は確実に社長が着替え終わっただろうって時間になってから、ゆっくりお風呂を出た。

◇

俺はそこから、自分なりに資料を作ることにした。

もちろん、会社での勤務中は仕事に集中した。男爵の仕事は副業みたいなものだからだ。

そして、資料が完成した翌日の夜。

俺の家のドアがこんこんとノックされた。

訪れたのはファントランドの村長だった。

意外ではあったけど、ある種、ちょうどよかったかもしれない。

「突然やってきてしまって、申しわけありません。ファントランドのことで領主様とお話しをするべきかなと思いまして……」

やけに村長は背中が曲がっている。前に出会った時は背中は伸びていたし、話しづらい内容ということだろう。

「実は、ちょうどこちらから伺《うかが》おうかと思っていたんです。手間が省《はぶ》けてよかったです。さあ、どうぞ、どうぞ」

俺はテーブルに案内する。また、メアリが見張り番みたいに座ってるけど、見た目は少女だから大丈夫だろう。セルリアはお茶を用意している。

「領主様には、この資料を見ていただきたいのです。大型商業施設に関する住民アンケートなんですが――」

「知ってます。二十一人中十七人が賛成というものですよね」

おそらく業者に言われて、俺の説得に来たんだろうな。

あるいは、住民に言われたかどっちかだ。

俺の意見をぜひとも撤回《てっかい》させるぞってやる気はこの人から感じられないからな。

「すでにご存じかもしれませんが、沼トロールの生活を守るために俺はそれに反対しました。たしかに彼らは税を収めているわけでもありませんが、それで彼らを追い出すわけにはいきません」

「しかし、産業がないままでは、ファントランドは消滅する、そう危惧《きぐ》している住民が多く――」

「なので、産業を興したいと思います」

俺は新しい資料をテーブルに置く。これが俺なりの答えだ。

「これは計画書です。目を通していってください。俺が説明します」

村長はまさかこんな展開になるとは……といった顔をしている。

俺も不意を衝《つ》いた意識はあるからな。

横でメアリが楽しそうにほくそ笑んでいる。

「『ドブロン販売計画』と書いてありますね……」

ドブロンとはファントランドで作られている白く濁《にご》った酒だ。

あくまで地元で消費するためだけに作られていて、まともに売られてはいない。

「そうです。そのドブロンを売れるぐらい作って、王都で販売します。あのお酒の品質なら充分に売り物になります。勝負ができます！」

次ページにはどれぐらいの従業員が必要で、それを郡から募集するといったことも書いてあった。

ちょっと勇み足でお酒のラベルの試作品まで載せている。

「たしかに産業があれば、ファントランドは生き延びられるかもしれませんが……」

「それとね、これは大型商業施設に関するデータを調べたものなんだけど」

横からメアリが資料を出してきた。

えっ？　そんなの作ってたのか？　俺も知らないぞ……？

「ミニデーモン軍団がいろいろと検証をしてくれたよ。これぞ、わらわのやり方。名付けて、ビッグデータ」

俺もあわてて、その資料に目を通す。

「結論から言うと、その商業施設の計画、郡都の市場や商店街とかと全然話がついてないいんだよね。今、施設を作っても、郡都のお店はろくに移ってこなくて、巨大なハコモノができるだけだよ」

そこには、びっしりと資料と数字が並んでいる。

有無を言わさぬパワーがあるのが感じられた。

「ついでに言うと、そもそもバナバナ郡の人口規模だとその施設は維持できないよ。それより多い人口の郡で、五年以内につぶれた場所とかあるから。郡都の空洞化が進んで、もっと滅亡が早まるんじゃない？　劇薬がそのまま毒になるってことだね」

メアリは涼しい顔をしているが、これ、衝撃的な情報だぞ。

そこにセルリアがお茶を持ってきたが、村長も俺もメアリのデータを確認するのに躍起《やっき》になっていた。

「業者はこんなこと、一言も言ってなかったけど、どうしてなんだ？」

「こんな巨大商業施設、作ったらすごいお金が動くよ。ちなみに彼らは施設ができても、その経営にはタッチしない。死の商人みたいな連中さ」

そっか、向こうは建物ができた時点で勝ちになるんだな。勝利条件が違うんだ。

「わらわはフランツの計画が完璧《かんぺき》とまでは思ってない。理想主義的なところも残ってる。それでも、デカいハコを作るよりはリスクは小さいと思うよ。二者択一なら無難なほうをとるのが村長の役目だと思うけど、そこは本人が決めてね」

村長はゆっくりと出されたお茶を飲んだ。

それから俺の目を見た。むしろ、やっと見てくれた。

さっきから怖々《こわごわ》と俺の目を見ずに話をしていたんだ。

「すいません、すぐに従業員を確保するのは難しいと思うのですが、付近にはアルバイトで雇える住民もいません。これはどうすれば？」

よし、乗ってきてくれたな。

「実はそれも最後のページに書いてあります」

すぐに村長がそのページをめくる。

沼トロールを雇う、と書いてある。

「彼らもお金で何か買いたい時もあるでしょうし、多分話をつければどうにかなると思うんですよね」

沼トロールにも、もう少し歩み寄ってもらうというか、これだけ近くに住んでいるんだし、両者で協力してもらおう。

「まあ、その仲介役《ちゅうかい》は領主の俺がやりますんで。領主ってそのためにいるんで。これでいけませんかね？」

ひとまず、おおかたの知恵は出した。

これで上手《うま》くいかないようだったら、また考えてみればいい。

ここから先は政治の領域だ。政治というのは、内容の正しさとかとは別のレイヤーで決まるしな。そこはそこで、また努力しよう。

村長は残っていたお茶をぐいっと飲み干した。一息つくための儀式みたいなものだろう。

そのあとの村長の顔は、憑《つ》き物が落ちたようにすっきりしていた。

「わかりました。持ち帰って、集落の人間にこのことを伝えます」

「ちなみに村長は、あのアンケート、どう答えたんですか？」

「どちらともいえない、にしました」

やっぱりな。

村長は俺と初対面の時、村を発展させる方法がなくはないが悩んでいると言った。

それこそ、商業施設の話だったんだ。

今日のことで、村長も吹っ切れたんだろう。

「村長さん、ごはん、食べていかれますか？」

そこにセルリアが楽しそうにやってきた。

「いえ、せっかくですので王都の酒場で出ているお酒の味を見てこようと思います」

村長は出ていって、俺は肩の荷が下りたのを感じた。

「ふぅ……。領主としての仕事が一個終わった」

◇

俺は次の休日、またトトト先輩に頼んで、天翔号に乗せてもらった。

目的地は言うまでもなくファントランドだ。

「別に書類上は男爵の権利を手放さないってことに決めたんだから、わざわざ行かなくてもいいんじゃないの？」

運転をしているトトト先輩が不思議そうに言う。

「書類上はそうなんですけど、やっぱり直接現地の人に説明するのが筋かなって」

「ご主人様はそういうところ、本当にまめですわね」

「まめにもほどがある気がするけどね」

家族にそう言われてもあまり言い返す気にはなれなかった。

そういう要素があるの、自分でもわかってる。

魔法学校でもほかの奴らが教科書の実験結果のページを丸写ししてた横で、律儀《りちぎ》に実験を繰り返すみたいなことをしてた。

「違う結果が出ることなんてありえないんだから、成功の時のデータを書いておけばいいんだよ。要領悪いと社会人なんてやっていけないぞ」

そうクラスメイトに言われたことがあるし、それはそれで正しいと思う。やらないといけないことをすべて完璧にこなそうとして過労死したら本末転倒《ほんまつてんとう》もいいとこだ。でも、こういう性格だからしょうがないんだ。

「それと、ドブロンのことも改めて確認しておきたいし。本当に商品になるかはぶっちゃけ未知数だからな……」

「あのお酒がまた飲めるのね。テンション上がるわ！　あれが商品になるなら毎日買うわよ！」

ノリノリでトトト先輩は車を運転していった。

「トトト先輩はいつも飲みすぎ。気をつけるべき……。毎日買うはやりすぎ……」

今回、同乗しているファーフィスターニャ先輩があきれていた。

ファーフィスターニャ先輩いわく、「出不精《でぶしょう》の性格だから旅行したい」とのことらしい。フアントランドに観光するような場所はないけどな。

「ファーフィスターニャ、それは言葉の綾《あや》よ。週一で買うぐらい？」

それにしても買いすぎだ。

「これでも、最近は気をつけてるのよ。過去には給料日に給料分飲んだりとか、けっこうヤンチャしてたから」

ファーフィスターニャ先輩がぶるぶるふるえていた。

「怖い……。『黒魔法の本当にあった怖い話』より怖い……」

「ですね……。初日で給料がなくなるだなんて、どうしたらいいんだ……」

「あ、今回は裏道覚えたから前回より早いわよ。最短ルートもしっかり研究したからね」

先輩のその言葉に偽りはなく、一時間近く早く着いた。日帰りすら可能なペースだけど、一泊はする。そのために建物もきれいにしたんだし。

天翔号を停めると、俺はすぐに集落のほうに向かった。

どういう形であれ、けじめをしっかりつけておこうと思った。

もともとショッピングモール賛成派のほうが多かったわけだから、嫌がられるかもしれない。

村長の家に行って、ドアの前で声をかけた。

「すいません、領主のフランツです！」

しばらくすると、村長の奥さんらしきおばさんがドアを開けた。

「あらら、領主様じゃないですか。わざわざお疲れ様です！」

それと、中から香ってきたのはアルコールのにおい。

「今、家の裏手にある工場でドブロンの仕込みをやってるんです。試飲《しいん》していきますか？」

後ろでトトト先輩が「いくらでも飲むわ！」と言っている。本当にいくらでも飲みそうだな……。

でも、こっちとしてはそれも気になるけど、住民の反応のほうが気がかりだ。

「あの……商業施設誘致の話はご理解いただけてますかね？」

「ああ、あれなら住民には旦那《だんな》が説明していましたから。それに、商業施設誘致を提案してきた会社、郡の役人と不正な取引をしたとかで逮捕されたんですよ」

「えっ!?」

あの会社自体がダメになったんだ……。

「完成予想図みたいなのも偽装したデータだったらしいし、もし建ててたら大変なことになっていましたよ。本当に、断っていただいてありがとうございました。今は小規模ながらドブロンを増産する作業をしているんです」

するとと、奥で見覚えのある顔が何か運んでいるのがわかった。

あれは前に会ったホワホワだ！

ほかにも若そうな沼トロールが水の入った桶《おけ》を運んだりしている。

沼トロールは力持ちなのか、軽々と大きな桶を持っている。

「ああ、今は沼トロールの子たちにお手伝いを頼んでいるんです。新しい服を買うのにお金がいるからちょうどいいって」

どうやら、沼トロールとほかの住人との融和《ゆうわ》も図れているようだ。

もしかすると、人口が少なすぎるのが幸いしたのかもしれない。住人の人口は二十一人だから、コンセンサスをとる労力も二千人が暮らす土地と比べると百分の一ぐらいですむし。

ホワホワがちらっとこっちを見て、微笑《ほほえ》んだような気がした。

あんまりホワホワが笑っている印象がないから、気のせいかもだけど。

そのあと、ドブロン作りを見学したけれど、やはり生産量がネックらしい。

でも、あまり規模を大きくしちゃうとリスクも上がるしな……。

つとつととファーフィスターニャ先輩が貯蔵されている樽《たる》の上に何か布を載せた。

「ふう、これでよし」

「待ってください。今、何をしました？」

「発酵《はっこう》を促進してお酒が早く作れる魔法陣の描いた布をかぶせた」

たしかにそんなことができたらすごいけど……。

「はっはっは。ドブロンはじっくり寝かせないとダメなんです。そんなにすぐには――」

奥さんが笑いながら、試しにコップで飲んでみた。

「――完璧《かんぺき》にできてますね……」

さすがファーフィスターニャ先輩！

「これで、大量生産も本格的に考えられるかもしれません……!!」

今度から何かあったらファーフィスターニャ先輩を連れてこよう。この先輩、万能すぎて恐怖すら覚えるな……。


その夜はまた宴会になった。ちなみに前より大規模な宴会になった。

そこではファーフィスターニャ先輩がレジェンドとして祀《まつ》り上げられていた。

とくに村長は頭を下げて、布をもっと作ってくれと言っていた。

トトト先輩は酔った勢いで脱ぎそうだったので、俺が止めた。やめてくれ！

宴会の途中、真面目《まじめ》な顔をした村長と住人数名が俺の前にやってきた。

酔って顔が赤い人もいるけど。

「このたびはありがとうございます。勢いで商業施設の計画に乗っていたら、取り返しがつかないことになっていました。ドブロンならたとえ行き詰まっても、もう一度道を探すことができます」

そう村長が言った。

「俺は俺が正しいと思うことをやっただけなんですけどね」

「我々もこの土地のよさを見つめ直すことができましたから」

最後に一斉に「ありがとうございました、領主様！」と言われた。

なかなかくすぐったい経験だけど、悪い気持ちじゃない。

「フランツの決断がいいように運んだね」

メアリは冷静にお酒をちびちび飲んでいる。

「そうだな。でも、ラッキーパンチだったかもしれないけどな。絶対に成功するかはわからなかったし」

「成功がわかってることばっかりだったら苦労しないでしょ」

たしかにそうかもな。

だんだん俺もほろ酔いになってきた。

でも、完全には酔いつぶれられない。もう一箇所《かしょ》行きたいところがある。

◇

俺の別荘（？）でみんなが寝静まったあと、俺はあの沼のほうに出ていった。

ホワホワにちゃんと会っておきたかった。

「がうがう！」

今度は後ろから足をつかまれた。

「ホワホワか？」

ゆっくりと、沼からホワホワが顔を出した。初めて会った時と何も変わってない、あのホワホワだ。

「フランツ、助かった。ありがと、がうがう」

違っているのは、あいさつが、ありがとうになったことぐらいかな。

「これからも俺は沼トロールを保護するからな。たとえ税金は払ってないとしても、それが俺のやり方だ」

こくこく。

ホワホワは何度もうなずく。それから、俺の前に一歩二歩と寄ってきて――

「お返し、する。がうがう」

――くちびるにキスされた。

「あ、ありがと……」

沼トロールの感謝のしるしはあったかかった。

「次に来た時は、もっといいこと、する。がうがう。その次は、もっと。がうがう」

「いや、段階上げなくていいからな!?」

ファントランドという土地のトラブルはひとまず落ち着いたということでいいだろう。

ドブロンの販路についても、考えていかないとな。

ケルケル社長なら何か紹介してくれるかな？

ちなみにそういうことを考えてる間、ホワホワがぎゅっとひっついてきていた……。

もし田舎《いなか》に残してきた妹がいたとしたら、こんな感じなのかな……。

ぺろぺろっ。

「うわ、ホワホワ、顔は舐《な》めなくていいって！」

「これもお返し。がうがう。若い娘、これすると男喜ぶ」

間違ってはないが、いろいろダメな気がする……。

「ま、まあ……これぐらいならいいか。好きなだけやってくれ……」

そしたら、けっこう長い間、ぺろぺろされることになった。

親に舐められてる動物の子供みたいだな……。

メアリ

偉大な魔族で正式名称(?)は『名状しがたき悪夢の祖』。
ただ、呼ぶ時に長すぎるので本人は周囲にメアリと呼ばせている。

長らく不眠症だったが、フランツに召喚されてから回復してきたらしい。

メアリめ
偉大な魔族だけど視力は普通。
むしろ、眠いことが多いので、
かすみがち。
口は小さい。言いたいことを
ずばずば言うので口は悪い。
メアリまくら
希少なロック鳥の
羽毛を使っている
ので、最高級の兜
と同じぐらいの
値段がする。
羽毛は軽いが、
枕自体は重い。
枕投げをすると
死傷者が出る。
メアリつばさ
ぱたぱた空を飛んで
移動できるけど、徒歩と
疲労度は大差ない。
メアリて
か弱く見えるが、
いざとなれば
たいていのものは
破壊できる。

第三話

黒魔法業界の新人研修に行ってきた

「あの、夏休みなんですけど、少しあとに取得してもらっていいですかね？」

会社に行くと、ケルケル社長に申し訳なさそうに言われた。

「ああ、はい。別にいいですけど」

むしろ、夏休みのことなんてまったく考えてなかった。

そりゃ、夏休みもあるよな。学生ほど長くはないだろうけど。

「ありがとうございます！　大好きです！」

唐突《とうとつ》な大好きにびくっとした！　絶対恋愛感情からのものじゃないってわかるけど。

「社長、そういう言い方は語弊《ごへい》があるんでやめてくださいよ……。夏休み取得する人の時期がかぶったとか、そういうことですか？」

「いえ、黒魔法業界の合同新人研修の時期とかぶってるんですよね」

「黒魔法業界の合同新人研修!?　そんなのあるんですか!?」

そういえば、黒魔法業界がいくら斜陽《しゃよう》だろうと、全国規模で見ればたくさん新人はいるよな。

「まあ、新人研修は半分遊びみたいなものというか、目的の一つに同期の友達を見つけようみたいな部分もあるぐらいなので、気楽に行ってきてもらえればと思います。野外で焼肉大会とかするみたいですし」

「あぁ……そういうリア充的なイベントかぁ……」

魔法学校でも修学旅行などはあったのだが、どうも俺は非リアだったので浮いていたんだよな……。

社会人の研修でもリア充的な空気を出されるときついな……。

だからって、それを理由に断れるかというと無理だよな。

俺から見ても協調性ない奴だと思ってしまう。

「わかりました。じゃあ、参加します」

「なんだか乗り気じゃないようにも見えますけど、フランツさんなら大丈夫ですよ！　乗り越えられます！」

「いや、自信がないとかではなくてコミュニケーションとれるかなあと……」

「それならもっと大丈夫ですよ。とらなくてもいいですから」

えっ⁉　社長の立場でそういうこと言っていいのか……？

「ちなみにメアリさんも新人は新人なので参加の可否を聞いておいてもらえますか？　フランツさんが参加するなら行くと言うと思いますけど」

あっ、そうか、じゃあ最初からぼっちではない。話す相手がいないという事態は防げる。

「行くと思います。それと使い魔のセルリアも連れていけますか？」

「もちろん！」

なら、不安はほぼ解消されたようなものだ。

◇

二週間後、俺たちは目的地である山岳地帯まで馬車を乗り継いで行った。

平日に移動するので、トトト先輩の天翔号《てんしょうごう》にも乗れない。

馬車を降りて、さらに三十分以上、山へのぼる道を歩く。

道はけっこう薄暗くて、不気味だ……。

「いや～、薄暗くていい道だね～」

「気持ちが落ち着きますわ」

魔族的にはむしろプラスなのか！　たしかに魔界行った時、全体に薄暗かったな……。

やがて道の先に古ぼけた巨大な洋館が目に入った。

三階建てで、おそらくこのあたりの土地を支配する領主のものだったんだろう。

周囲は濠《ほり》で覆《おお》われているし、館というか城の役目を果たしていたのだと思う。

「なんか、幽霊とか出そうだな……」

「スペクター系の何かはいるかもしれませんわね。わたくしが仲介役《ちゅうかい》になりますから大丈夫ですわ」

「ああ、そうか、セルリアからすれば、それも恐怖の対象じゃないのか」

屋敷に入ると、まず正面に「事務局」と書いたプレートのある窓口があった。

年老いたおばあさんが、そこに座っている。

「すいません、新人研修で来ましたネクログラント黒魔法社の者です」

「ああ、フランツとメアリじゃな。それと使い魔のセルリア。では、これを配布する。開会式の時はかぶっていくようにな」

渡されたのは黒いとがった帽子というか、マスクだった。

いかにも秘密結社的なやつだな……。

「人間の黒魔法使いってこういうつまんないことするよね」

芸歴（?）の長いメアリはよく知っているらしい。

その他、部屋のカギを渡されて、生活棟のほうに行く。

ちなみに俺の部屋は６６６―23でメアリの部屋は６６６―24。

全部、６６６を冒頭につける風習らしい。


あとで合流しようと言って、メアリとは別れて、セルリアと同じ部屋に入った。

殺風景《さっぷうけい》というか、机とベッドと窓ぐらいしかない。

それと上手《うま》いのか下手《へた》なのかよくわからない絵画が飾ってある。

「いえ、別に観賞用というわけではありませんわよ。ほら」

セルリアは掛かっている絵画を外した。

その後ろには謎の呪符《じゅふ》みたいなものが貼ってあった。

「げっ！　思いっきりなんか貼ってある！」

「それだけではありませんわ。だいたい、ベッドの下には……。ちょっと、見てきますわね」

そう言うと、セルリアはベッドの下に顔を突っ込んだ。

そのまま二分後に戻ってきた。

「斧《おの》を持っているスペクターがいましたわ」

「こわっ！　無茶苦茶《むちゃくちゃ》怖いって！」

「ああ、スペクターは潜んでいるだけで危害は加えませんわよ。でも、寝る時に気になるからほかの部屋に移動してほしいと言って去っていただきましたわ」

ヤバい。

黒魔法業界の研修所、明らかにいろいろとおかしい……。

ガタガタガタガタッ！

今度は窓がいきなり音を立てて揺れはじめた。

「わっ、今度はなんだよ！」

「ああ、あれはポルターガイストというものですわね。とくに害はありませんからご安心ください。夜寝てる時は空気を読んで静かにしてますから」

「えっ、そういう問題なのか……？　安眠を妨げないならそれでいい、のか……？」

この研修、本当にやっていけるのかな……。

◇

やがて開会式の時間になった。

秘密結社的な黒い尖ったマスクをして、俺は外に出る。ちなみにセルリアは使い魔なのでそのままでもいいらしいが、せっかくなので着用するらしい。

しかし、顔を隠して露出度の高い服着てるの、これはこれでいかがわしいな……。そんなこと指摘するのもヘンタイっぽいからしないけど。

隣の部屋をノックすると、メアリがマスク姿で出てきた。

「やあ、フランツ、セルリア。そっちの部屋にもなんかいた？」

「うん、いたぞ。セルリアが見つけてくれたけど」

「やっぱりね。あれもきっと研修の一環なんだよ。見つけられずにひどい目に遭《あ》った奴はビビって帰るんじゃないかな」

と、半泣きで走っていく新卒風の男と廊下《ろうか》ですれ違った。

「斧持った男が出たっ！　こんな呪われた屋敷にいられるか！」

そのあとは新卒風の女子とすれ違った。

「絵の中に描かれていた謎のモンスターが現れたのっ！　この屋敷、おかしいわ！」

「あらら、別に怖がる要素なんてないですのに。皆さん、あわてんぼうさんですわね」

のほほんとセルリアが言った。いや、それ魔族目線だからだろ……。

「どうやら、ただでさえ参加人数の少ない研修なのに、これでもっとしぼられそうだね。やれやれ」

メアリは絶対に新人じゃないだろうという、圧倒的なベテラン風を吹かせて開会式のある部屋へと向かっていた。

開会式の会場は応接間だった。はっきり言って狭い。

けど、参加者は俺たちを除いてわずか四人。

つまり研修を受けるのは合計六人ということか。

しかし、この調子だと開会式でもろくでもないことが起こりそうだな……。残ったメンバーで殺し合えみたいなことは言わないでくれよ……。

しばらくすると、白い毛に全身が覆《おお》われた謎の魔族がやってきた。

顔も見えない。なんて魔族だろう？　一般的な魔族は職業柄《がら》調べてるけど、まったく心当たりがないフォルムをしている。

その魔族が俺たちの前に立つ。

「こほん、わしは黒魔法協会の会長、『焚刑《ふんけい》のエゼルレッド』じゃ。親しみを込めて、焚刑とでも呼んどくれ」

いや、そこはエゼルレッドって呼べって言うとこだろ！

「ちなみに魔族ではなく人間じゃ。黒魔法の関係で髪を切らずにおったら、伸びすぎてこういう姿になってしもうてな」

マジか、魔族より魔族っぽいフォルムだな……。

「さて、新人のみんなも、この業界に入ったからには黒魔法の世界が著《いちじる》しく疲弊《ひへい》しておることはご存じかと思う。イメージのいい白魔法や、破壊力があってわかりやすい赤魔法などに黒魔法は押されておる」

やっぱり会長だから、こういう話からスタートするんだな。

「その弊害として、到底素質のない者まで採用してしまっておるという部分もある。そこであまりにも初級の者を追い出すために部屋にちょっとした仕掛けを行った。脱落した十三名はまた反省して次の研修に参加してもらいたい」

あの部屋で驚かされて、十三人も逃げていったのか……。残ってるほうが全然少ないな。セルリアがいてくれてよかった。

「黒魔法はたしかに難解な部分もある。中途半端な知識でやると、『名状しがたき悪夢の祖《そ》』を呼び出す魔法だとか、命に関わるものもある。なので、研修もある程度の知識がある者でないと行うことができぬのじゃ」

その危険な存在、呼び出しちゃってるよ！

「まあ、そんな恐ろしい存在を呼び出せるほどの力など、まだ新人のみんなにはないじゃろうがな（笑）」

いや、呼び出しちゃってるんですけど。同棲《どうせい》しちゃってるんですけど。

「君たちもいつかは『名状しがたき悪夢の祖』を召喚するぐらいの大魔法使いになるのじゃぞ」

もう召喚しちゃってますってば！

そういや、ケルケル社長が研修は大丈夫だとか言ってたけど、こういうことなのかな。

けど、まだまだ課題は多い。

こういう時、だいたいラストの打ち上げとかで俺だけ浮くんだよな。魔法学校の学園祭でも、打ち上げのパーティーで浮いてたし。授業を真面目《まじめ》にやってるだけでは、そういうところでのコミュ力なんてものは身につかない。

「では、あらためて開会を宣言しようかの。――人里離れた地に、我ら漆黒《しっこく》を衣《ころも》代わりに纏《まと》いし術者は集《つど》いたり、悦楽《えつらく》と恐怖をこの空に塗り込めん！」

いきなり、白いもじゃもじゃの会長の声が重くなる。

ふっと部屋のランプが一斉に消えた。

コミュ力以前に生きて帰れるかな……。

「――はい、開会宣言は終わったので、みんなそのマスクは好きな時にはずしてくれてよいのじゃ。十分間の休憩とするので、トイレは今のうちに行っておいてくれ～」

また、声が呑気《のんき》なものに切り替わって、ランプの火も灯った。

なんだったんだ、今のは……。

マスクは暑苦しいからはずそうと思ったけど、ほかの研修生がつけてるな。一応まだつけとくか。一人だけ違う行動とって浮きたくないし。

「ねえねえ、フランツ。『名状しがたき悪夢の祖』を召喚する人間なんているのかな～？」

にやにやした声でメアリが言ってきた。

「メアリ、お前、むっちゃ楽しそうだな……」

休憩の間にトイレに行っておく。

なにせ、次に何を何時間やるのかまったくわからないのだ。

さすが黒魔法の研修、秘密主義なのかプログラムが配られてない。

でも、ケルケル社長は焼肉大会があるとか言ってたよな。この雰囲気《ふんいき》で本当にあるのか……？

次の時間も、恐ろしい邪教の儀式を復活するとかじゃなきゃいいけど。

で、次の時間になった。また会長である『焚刑のエゼルレッド』さんが現れた。

「最初のプログラムは二人一組になっての、自己紹介タイムじゃ。みんな、ちゃんと自分を相手に伝えるようにな」

すごく普通のやつが来たな！

てっきりもっと恐ろしいことをやると思ってたけど、まっとうな新人研修だ。

これ、メアリとやるというのはダメだよな。それじゃ研修にならない。ちなみにセルリアは厳密には研修生じゃないから、もっとダメだ。

「やらないか？」

女性の声の覆面が一人こっちに来た。

まあ、この人数なんだから適当に知らない奴に声をかけるよな。

「はい、よろしくお願いします。ちなみに使い魔のセルリアも一緒なんで」

「よろしくお願いいたしますわ。サキュバスのセルリアですわ」

丁寧にセルリアが礼をする。

覆面の女性もこくりとうなずいた。

それぞれ空いているスペースに分かれる。

会長がまず、「一方から自己紹介スタートじゃ」と言う。

よし、しっかりとコミュ力あるところを見せるぞ。

仕事しかできなさそうなつまんない奴って思われないようにするぞ。

「じゃ、こっちから行く」と覆面女子が言った。

こっちも「どうぞ」と答える。

するると、ばっと、とんがった覆面が放り投げられた。

「はっはっはっは！　我こそは由緒《ゆいしょ》あるモルコの森で代々黒魔法を生業《なりわい》としてきた名門、カーライル家直系、アリエノールであるぞっ！　命乞《いのちご》いの時のためにこの名前、覚えておくがよいわっ！」

髪にウェーブがかった女子が、ものすごく偉そうなことを言いだした！

「なんだ、なんだ？　自己紹介タイムじゃないのか？」

「ご主人様、黒魔法使いにとっての自己紹介とはしばしば自己主張のことを指すのですわ」

セルリアの耳打ちでちょっとわかったけど、こういうの自己紹介っていうのか!?

アリエノールと名乗った女子が、こっちをぎろりとにらんでくる。

「おい、貴様、上級魔族であるサキュバスを使い魔として、周囲の者より一歩リードとでも思っていたのだろう？　だがな、その程度で私を出し抜けると思ったら大きな間違いだぞ！　私の使い魔、『青鴉《せいあ》のリムリク』を呼んでみよう！　エンリ・バンラ・ヒルンディルケ・ギグ・ランフィ……」

これは俺がセルリアを召喚した時の詠唱《えいしょう》だな。

アリエノールは詠唱しながら投げ捨てた帽子型覆面をいそいそと拾うと、その中に手を入れた。

「出《い》でよ！」

　すると、そこからたしかにブルーのカラスが顔を出してきた。

「どうだ！　これぞ『青鴉のリムリク』だ！　これまで三百回を超す狩りを行ってきた古強者《ふるつわもの》である！　そのサキュバスにも決して劣りはせんぞ！」

　俺は「おー、青いカラスってかっこいいな！」と素で感想を述べていた。

「お、おい！　なんで感心してるんだ！　なんで『すごーい！』みたいな表情なんだ！　そこはもっと悔《くや》しそうな顔をしろ！」

　なんか、アリエノールがやりづらそうにしている。

「え？　だって本当にすごいと思うし……」

「ああいう美しいカラスなら飼いたいですわね。そういえば、鳥類の中でもカラスってとても利口らしいですわね」

「おい！　ペット感覚で言及するのやめろ！　使い魔だ、使い魔！　パートナーなのだ！」

　ほかの覆面研修生が「おっ、きっちり煽《あお》ってる」「あいつ、なかなかやるな」とか言っていた。全然意図してないところで褒《ほ》められてるぞ。

「ぐぬぬ……。これだけではないぞ。私が使用する魔法も恐ろしいものだ。オルティ・バラン・トルケット・ダーフィール……」

「あっ、これ生命吸収じゃないのか!?」

「そうだ！　これで私の恐ろしさを実感するがよいわっ！」

指でデコピンされた程度の痛みが来た。

「ふぅ……どうだ、お前の体力を吸い取ってやったぞ。もう、疲れて立っていることもできんだろう!?」

「いや、とくに問題ないぞ」

「初歩的なものですわね」

「くそっ！　またしてもバカにしおって！　ならば、毒サソリを召喚する！　エンリ・バンラ・ハン・オウン・ドーン！」

三センチぐらいの小さいサソリが出てきた。

「あっ、かわいいですわね〜」

セルリアがひょいっとつかんだ。

「それ、毒って大丈夫なのか？」

「この大きさならかゆみを感じるかどうかですわよ」

「くそっ！　お前ら、どこまでもコケにしおって！　じゃあ、お前たちがどれぐらいすごいのかせいぜい自己紹介するがよいわ！」

なるほど、社長がコミュ力とかどうでもいいと言うわけだ……。

黒魔法使いって、原則つるまないんだな。そりゃ、業界も力持てないはずだ。

このマインドでは大企業とか作れない。だから、白魔法業界にやられていくんだ。

じゃあ、まずはずっとつけてた覆面をはずす。セルリアも俺にならってはずした。

「俺の名前はフランツです。今年三月に王都国際魔法学校を卒業した後、王都郊外にあるネクログラント黒魔法社に入社しました。現在は社員寮に住んでいます」

「なんで普通の自己紹介なんだ！　舐《な》めてるのか！」

いちいちうるさいな。相手にケンカ売るような自己紹介なんて逆に難しいんだよ！

「これまでの会社員生活で自慢できることというと、ええと……」

セルリアが「メアリさんを召喚したことは黙っておいたほうがいいですわ」と言ってきた。

あ、そっか。あれ王都のブラック企業にだいぶ影響与えたんだよな……。

「じゃあ、けっこう言えることってないな……。ええと、男爵です。すごい限界集落の領主やってます」

「なっ！　お前、爵位を持ってるのか……!?」

アリエノールに驚かれた。そっか、爵位持ってる奴がわざわざ黒魔法なんてアングラなことやってるって、レアケースなのかな。

「先日、領地に行って、住民にも沼トロールたちにもそこそこ感謝されました」

「むむっ！　沼トロールを配下に置いているというのか!?」

いや、配下ではないぞ。しかし、こいつ、すぐに衝撃受けるな！

「ええとですね……それじゃ毒サソリを召喚します」

・毒サソリ召喚（毒を弱・中・強から選択可）

パワーアップしたので毒を選べるようだ。ためしに「強」でやってみるか。

「エンリ・バンラ・ハン・オウン・ドーン」

体長三十センチぐらいのデカいサソリが出てきた。

「うあああああっ！　なんだ、それ！　そんなの出せるわけないだろ！」

アリエノールがカラスと一緒に引いていた。

「いや、ごく普通に召喚しただけですよ？」

「そんなバカな……。これ、どう見ても猛毒ある奴じゃないか！」

サソリがかさかさとアリエノールのほうに移動する。

「うわっ！　来るな！　来ないでくれぇ！」

アリエノールが半泣きで逃げていく。

「ご主人様、なかなか立派なサソリですわね。これならオークションに出せばいい値段がマニアの間でつきますわよ」

セルリアが大きなサソリをつかんだ。

「別にこれを売って儲《もう》けるつもりはないぞ。でも、このサソリ、出したあと、どうすればいいんだ？」

　こんなのうかつに森とかに放したら、なんらかの罪に問われそうな気がする。生態系壊したりするとよくないしな。

「魔界放逐《ほうちく》という魔法がありますから、それで魔界の適当なところに送りましょう。魔界なら毒サソリがいてもおかしくありませんから」

「なるほど。じゃあ、それでいこう」

　セルリアが魔界放逐の魔法を唱えて、サソリを飛ばしてしまった。召喚系の魔法は気をつけよう。

「お、サソリがいなくなったな。ふ、ふん！　あんなものでは私は怖気《おじけ》づいたりはしないからな！　モルコの森で最も有名な黒魔法の使い手、カーライル家の直系、アリエノールはこんなことでは屈しないのだ！」

　またアリエノールが戻ってきた。

　そりゃ、こっちは自己紹介しかしてないから屈されても困る。

　あと、モルコの森ってどこなんだ？　そこで最も有名と言われてもどれぐらいすごいのかわかりづらい。

「どうした？　もう終わりか？　まだお前はデカいサソリを出しただけだぞ。た、たしかに、かなり立派なものだったとは思うが……かといって、これならこっちが判定勝ちという線もなくはないというか……」

「ええとですね、次は、そうだな、同じことをやったほうがわかりやすいので生命吸収をやりますね」

・生命吸収（中度）

そういえば、生命吸収もレベルアップしてたんだったな。

いくらなんでも致命傷ってことはないだろ。吸収する分、ダメージ与えるより効率も悪いはずだし。体に傷が残るわけでもないから、こういう時、相手に向けて使いやすいとは言える。

「オルティ・バラン・トルケット・ダーフィール」

アリエノールに向かって、魔法を唱えた。ちなみにあんまり本格的にやるのもアレなので、杖《つえ》で床に魔法陣をなぞったりはしない。詠唱《えいしょう》だけの簡略化された方式だ。

なんか、アリエノールの目がうつろになった。

「お、おのれ……こ、これぐらいでは、私は……うあっ、あああぁ……」

そのままアリエノールは床にぐだっと倒れた。

意識はあるみたいだけど、立てなくなっている。あれ、やりすぎたか……？

そこに会長の『焚刑《ふんけい》のエゼルレッド』さんがやってきた。

「アリエノール、立てるか？　立てないか。よし、この自己紹介の勝者はネクログラント黒魔法社所属、フランツ！」

その様子を見ていたほかの面子《めんつ》から歓声が上がった。

「やるな！」「あの生命吸収は動きに無駄がなかった！」「フランツならこれぐらい当然でしょ」

（最後のはメアリ）

あのさ、これ、絶対に自己紹介とは言わないと思うんだけど……誰もツッコミ入れないのか？　俺のほうがおかしいのか？

◇

そのあと、黒魔法協会についての説明などで初日は終了となった。

しばらく部屋で休んだあと、食堂で食事となる。

ちなみに、シャケをムニエルにしたもの、野菜のテリーヌ、煮凝《にこご》りみたいな料理、チーズを練《ね》り込んだパンと、想像以上に豪華だった。

ただ、席の向かい側が思いっきり、アリエノールというのがやりづらいが……。

もっとも席は決まっていないので、さっとアリエノールがその席を確保してきたのだ。

「いいか、企業の犬よ、今日のところは私が負けた。だが、このままで済むと思ったら大間違いだからな？　アリエノールの名前、しっかりとその胸に刻ませてやる！」

「あっ、はい……名前なら、もう覚えたから大丈夫です」

「違う、別に本当に名前だけ覚えてほしいわけじゃない！　お前、おちょくってるだろ！　どうせこっちは自営で親の跡を継いでるだけだとか思ってるだろ！」

あっ、そうか、別に黒魔法をやってるところがすべて企業とも限らないんだな。

実家が黒魔法やってて、それを子供が継ぐということも当然ありうる。

「親御さんも黒魔法やってるんですね。俺、実家は全然違うことやってたんで。魔法学びたいって言って、王都で一人暮らしをしてました」

「えっ？　サラブレッドでもないのに、なんであんなに威力の高い魔法使えるの!?　い、いいや、別に強いってほどじゃないぞ……。ただ、私が昨日、緊張してあまり眠れなくて体調が悪かっただけだ……。ほかの黒魔法使いはどんなものだろうとか、気になったわけではないんだからな……」

厄介《やっかい》な人ではあるけど、この子、根は悪くないというか、基本的に善良な気がする。

少なくとも悪人というのとは違う。

「これからもよろしくお願いします」

握手しようと手を伸ばす。

「おい、なんで、ケンカ売ったのにそういう反応になるのだ！　こっちがやりづらいではないか！」

また煽《あお》ってるように受け取られて、手も握ってもらえなかった。なかなか難しいな……。

そこで、白いもじゃもじゃの生物にしか見えない会長がやってくる。

「一日目、お疲れ様じゃったの。さあ、しっかり食べて英気を養ってくれ。ちなみに、デザートはこれじゃ」

フルーツがたんまりと入った、目にも鮮やかなパイが運ばれてきた。

「このフルーツパイは、この場の誰かと悪霊召喚対決で勝った場合にのみ、進呈することとする！　しかし、代価として自分の料理を一皿賭《か》けてもらう。負ければ失い、相手にその皿も譲《ゆず》る。勝者のみがすべてを手にする。それこそ黒魔法の教えじゃ」

デザートはほしいけど、倒して相手が一皿失うっていうのはなあ……。

こっちからは挑戦しづらいぞ。

「さあ、勝負だ、フランツ！　私はムニエルを賭ける！」

向かいの席から決闘を申し込まれた。やっぱり来たか！

「せめて、前菜的なものを賭けたほうが……」

「いいや！　ここで負けるかもと前菜を賭けるのは恥《はじ》だ！　私はシャケのムニエルを賭ける！」

勝負の結果、俺が召喚した悪霊のほうが質的にすぐれているということで俺の勝ちになった。

「この悪霊のほうが怨念《おんねん》が濃く、ぞっとするような恐ろしさがある。一方で、アリエノールの悪霊はぶっちゃけ昇天してもいっかな～ぐらいの軽い気持ちが感じ取れる。よって、フランツの勝利！」

半泣きになりながら、ムニエルの皿をアリエノールは渡してきた。

「く、くれてやる……、勝者はすべてを手にするのだ……」

「あの、これをもう一度、そっちにあげるというのは？」

「そんなもの受け取れるわけがないだろうが！」

その皿は結局、メアリがほしいと言ってきたのであげた。

◇

──そのあとも、何度かアリエノールは俺にケンカを売ってきた。

二日目は、五歳児ぐらいに見える極端に背の低い老婆《ろうば》の講師が、講義の最後に「ミニテストをするぞよ。ふえっへっへっへ」と言ってきた。いかにも魔法の実験とかしそうな声音《こわね》だったけど、普通に座学と筆記試験だった。

「よーし！　フランツよ！　このアリエノールとどちらが広範で深遠な知識を有しているか勝負だっ！」

「ああ、うん、お互い頑張ろうな……」

もう、さすがにタメ口でこっちも接する。

その勝負も俺が普通に勝った。

俺　95点。
アリエノール　75点。

「お前、なんでそんなに詳しいのだっ!?」

「いや、割と初歩的な知識を聞いてる問題が多かったから、無難に解いていっただけなんだけど……？」

研修生ではないセルリアがアリエノールの間違った箇所《かしょ》に目を通した。

「この問題はよい問題ですわね。本当に基礎をしっかり理解していないと解けないところが多いですわ。中途半端に知識だけで把握《はあく》していると、応用ができなくて間違うようにできていますわ。アリエノールさん、あせらず確実に覚えましょうね」

「う、うるさい！　フランツの使い魔が偉そうなことを言うな！」

その時、アリエノールの使い魔である青いカラスのリムリクが、「アホー、アホー」と言った。

「おい！　お前もそのタイミングで鳴くんじゃない！」

リムリクはお尻を向けて、知らん顔をした。

これ、使い魔にも舐《な》められてるんじゃ……。

二日目の午後は、なぜかスポーツだった。レクリエーションの一環らしい。

地面に線を引いて、手のひら大のぺこぺこのボールを打ち合うゲームをすることになった。自分の陣地に必ずワンバウンドさせて、相手の陣地に入れる。自分の陣地にノーバウンドだったり、相手の陣地の枠《わく》からはみ出したらアウトというものすごくシンプルなルールだ。ラケットレス・テニスというらしい。

言うまでもなく、アリエノールが勝負を仕掛けてきた。

「フランツよ、今度こそ私が勝つからな！　なにせ私は親から『将来はテニスプレイヤーになれるかも』と言われたことがあるぐらいの腕前なのだ！」

「これ、テニスの腕前とあまり関係ない気もするんだけどな……」

とはいえ、勉強ができない奴がスポーツは得意というのはよくある構図だし、意外と強いのかもしれない。最初から舐めるのはやめよう。

「くらえ！　低いバウンドのスマッシュ！」

しっかりと構えて、勢いよく、アリエノールは右手を振りぬく。

そして、その手が空を切る。

きっちり空振《からぶ》りした！

さらに、きっちりこけた。

「うああっ！　いたたっ！」

俺はそっと目をそらした。こけてパンツが見えていたからだ。

「古典的なことを確実に押さえてくるとは、あの方、なかなかの素質がありますわね。それに童顔に似合わず、色っぽい下着ですわね。生地もよいものを使っていますわ。あの黒の発色はなかなか出ませんわよ」

セルリアの着眼点、そこなんだ……。

「お、おのれ、また私に辱《はずかし》めを与えてくるだなんて……」

「その解釈はさすがに無理があるだろ！　自滅だろ！」

そのあとも、俺はとくに攻めたわけでもないのだが、アリエノールがミスを繰り返して、自滅した。

レベルの低いスポーツの対決だと、ミスの多いほうが負けるってあるあるだよな……。とりあえず敵の陣地に返してれば、そのうち相手がミスをしてくれるという……。

講師のリザードマンの魔法使いが、「負けたほうがボール回収して帰ってください」と終わりを告げた。

肩をションボリ落としてアリエノールは飛んでいったボールを拾いに行こうとする。

「あの……手伝おうか……？」

振り向いたアリエノールの顔は半泣きだった。

「断る！　私は誇り高きモルコの森のカーライル家だ！　そんな情けは受けない！」

また、木に止まっていたリムリクというカラスが「アホー、アホー」と鳴いた。

◇

「別に俺、悪いことしてないはずなんだけど、なんか申し訳なさを感じる」

夜の自由時間、俺は部屋のベッドに寝転がっていた。

部屋にはセルリアだけでなく、メアリもやってきている。知り合いの部屋に集まるというのは、修学旅行チックかもしれない。

「アリエノールだっけ。フランツも面倒なのに絡まれたね。軽く観察してたけど、いまいちぱっとしないよ」

ベッドに腰かけてるメアリが容赦《ようしゃ》なく、そう言った。ニュアンス的に、けなしてるというよりは客観的評価といったほうが正しい。

とはいえ、からまれてる俺としては気になる。

「なあ、あの子、なんで俺に対抗意識を燃やしてくるんだ？　俺の親は魔法使いでもなんでもないから、親の世代で確執があったなんてこともありえないし」

なぜかセルリアが居心地悪そうな苦笑をした。

「あ～、フランツは気づいてないんだろうけど、新人研修の場でサキュバスを使い魔にしているって、とてつもないことなんだよね。俺は五十年に一人の期待の新人だぜって言ってるようなものっていうか」

「えっ!?　そこまでなのか!?」

黒魔法業界の常識を俺はよくわかってなかった。なにせ、会社の先輩がすごすぎる。ファーフィスターニャ先輩と比べれば、まだまだだとしか思えない。

「そうですわね……。普通はサキュバスと使い魔の契約を結ぼうとしたら、二十五年は修行しないと難しいかもしれませんわね……。当然個人差はありますから、けっこうずれはしますけど……」

サキュバスであるセルリアからの説明だから、間違いないだろう。

「じゃあ俺、知らないうちに挑発しまくってたのか……。悪いことしたかな……」

「悪いことなわけありませんわ。だって、使い魔とともにあるのは、黒魔法使いとしては、ごく自然なことですもの。それに使い魔に留守番をさせて研修に来るというのも、研修を舐めてるととられかねませんわよ」

すぐにセルリアにそう言われた。

「つまり、アリエノールにねたまれるのは確定だったってことか……」

「ま〜、結論から言うと、これはあのアリエノールって子の問題ってわけだよ。彼女はプライドが人一倍高かった。田舎《いなか》でほかに比較対象になる黒魔法使いがいなかったから、自分をすごい奴って信じちゃってここまで来たんだよ」

魔法使いが数少ない地方なら、魔法使いなだけでちやほやされる可能性はある。

「で、そのプライドの高さゆえに痛い目にあってる。それだけの話さ」

「わかる。わかるけど……どうせなら嫌われるより、仲良くなりたいな」

アリエノール本人の前でそんなこと言ったら多分一生仲良くなれないだろうけど、それが俺の本心だ。

「だって、新人研修って、同期どうしで横のつながりを作れって意味合いもあるんだろ？　このまま敵扱いが続くのってよくないからさ。せめてちょこちょこ情報共有できる程度の仲にはなりたい」

なぜかセルリアとメアリが顔を見合わせていた。

「ご主人様はどこまでもポジティブですわね。まるで聖人ですわ」

ぎゅっとセルリアが俺にひっついてくる。

「まったくだよ。会社にとったら、理想的な新人だね」

メアリもぽんぽんと俺の頭を撫《な》でてきた。

よくわからないけど感心されているらしい……。

◇

アリエノールとのぎくしゃくした関係はそのあとも続いた。

むしろ、敵視されてるので、ぎくしゃくどころじゃないな。

ぎこちないってレベルならともかく、明らかに敵認定された相手と仲良くするのって、やはり無理なんだろうか……？

「普通に無理でしょ」

あっさりとメアリには言われた。

「仮にお前もすごいところがあるとかフォローしても、情けをかけられるぐらいなら死んだほうがマシだとか言いそうなタイプじゃん」

うん、たしかに言いそうだ。

アリエノールと仲良くなるの、黒魔法使いとして成長するよりある意味、難易度が高い。

そして研修も大詰めに入ってきた。

俺たち研修生は屋外に集合させられた。

目の前は、もともとここの領主の土地だったのだろう、森が広がっている。

会長である『焚刑《ふんけい》のエゼルレッド』さんがそこに出てくる。

「みんな、これまでよく頑張ってきたのう。ねぎらいの意味も込めて、次の企画を用意したぞ。ずばり――」

白い毛のかたまりみたいな会長が叫んだ。

「――焼肉大会じゃっ！」

そういえばケルケル社長も焼肉大会があるとか言ってたな！

まあ、ここまで一応一緒に過ごしてきたんだし、圧倒的に気まずいなんてことはないだろう。ほどほどに当たりさわりない話をすればいいんだ。そんなにウェーイ系のリア充もいないし。

「ちなみに、二人一組でやってもらうが、ペアはすでに決めておるぞ。これは今までの親密さを参考にした」

あっ、すごく嫌な予感……。

その嫌な予感はきっちり当たった。

「そんなバカな！　どうして私がこの男と同じペアなのだ！　これは間違っている！」

アリエノールも俺とペアであることに抗議している。

よし、いっそ本当に解消になるぐらい抗議してくれ！

「ケンカするほど仲がよいと言うじゃろ」

いや、そんな嫌い嫌いも好きのうちみたいな論理はダメだろ！

結局、クレームは通らなかった。

とはいえ、焼肉の味は誰と組もうと変わらない。たらふく食ってやるぞ！

「ああ、ちなみに言い忘れておったが、肉は現地調達してもらうことになっておる。なあに、チームワークを発揮すればすぐに捕獲できるじゃろう。くっくっく」

会長の声が露骨に怪しいものになる。

「コカトリスがこの森におるから、それを捕獲せよ。ちなみに爪の攻撃を受けると石化するから気をつけるようにな。研修生にはそれぞれナイフ一本を支給する」

何人かの参加者の顔が青ざめた。

コカトリスといえば、ヘビみたいな尾を持つ鳥だ。

肉はとてつもなく美味だというが、捕獲に失敗すると石になる危険があるので、相当な高値で取引される。

毒のないものを飼育しようという試みもあったらしいが、味が大幅に落ちて、それなら普通の鶏肉でいいやとなるらしい。

「焼肉用の機材と野菜など、コカトリス以外の食材は揃《そろ》っておる。解体自体は講師陣も手伝うから、とにかくコカトリスを捕まえてこい。以上じゃ！　ゲットできなかったペアは飯抜き。あっ、飯抜きはさすがにひどいから、ほかのペアの焼肉風景を強制的に見せながら、硬いパンとサラダだけやろう」

それだったらもう何もないほうがマシだろ！

「ああ、それと使い魔の使用は禁止とする。サキュバスがコカトリスを捕まえてしもうたら、研修にならんからな」

ピンポイントで俺のことを狙い撃ちしてきてるな！

「ふうん、コカトリスか。『名状しがたき悪夢の祖《そ》』であるわらわにはあくびが出るほどつまらない課題だね」

「あそこにとんでもない存在を自称している新人もおるが、まあ、それぐらい骨がある奴のほうが面白いわい」

会長、それはふかしてるんじゃなくて、たんなる事実ですよ。

てか、メアリと同じ班の奴、すでに勝利が約束されてるじゃん。ずるくないか？

こうして、俺たちは森でコカトリス探しをやらされることになった。

もっとも、極端な話、コカトリスより相方のほうが厄介《やっかい》だった。

「…………」

「…………」

俺とアリエノールは黙ったまま、なんとなく森のほうへ移動する。

今更《いまさら》、気さくに話をしろとか無理である。

いっそ完全に初対面なら、自己紹介から話題を広げられるが、それすらできない。

いや、でも諦めたらそこでおしまいじゃないのか。試合が終了するんじゃないのか。

「コ、コカトリスって実物を見たことないけど、どんな鳥なのかな……？」

相手に質問することで話題を引き出そう作戦だ。

「そんなことも知らないのか。愚者《ぐしゃ》め」

ただ、バカにされて終わった……。

「コカトリスと呼ばれてはいるが、このあたりにいるものは、魔界にいるものと比べると毒性もかなり弱く、天敵が少ない環境で独自の進化を遂《と》げた種だと言われているな。そのため、石化も上級の黒魔法使いなら解毒が可能であるのだ。講師の中に解毒ができる者がいるのだろう」

俺をバカにしたあとで、アリエノールは解説をはじめた。

「こちらを敵と見なさなければ、攻撃を仕掛けてこないはずだ。だから、背後から接近して一気に仕留めよう。とにかく動きが素早いから、一対一で正面から戦うのはリスクが高すぎる。肉の質を保つには生きたまま捕らえたいが、それは難しいだろう。ナイフが渡されたってことは、それで刺せってことだな」

「あれ……。お前、やけにコカトリスに詳しいんだな……」

俺だって存在ぐらいは知ってるけど、このあたりの種は毒性がそこまで強くないとか、そんなの初耳だぞ。

「そうか？　モルコの森にもコカトリスは生息していたからな」

もしかすると、アリエノールのいいところを発見できたかもしれない。

「アリエノール、もっともっとコカトリスについて教えてくれ！」

「なっ……。どうして、私がお前なんかの頼みを聞かねばならんのだ……」

俺の態度にアリエノールは困惑を示している。

ずっと、俺に負け続けてきたから無理もないか。

「俺、コカトリスの性質も特徴もよくわかってないからさ。けど、少なくともコカトリスを倒すところまでは二人で協力しないと、そっちも損するだろ。コカトリスがなかったら、まともなメシにありつけないんだぞ！」

「む、むう……それはそうだな……」

アリエノールも焼肉が硬いパンになるのは嫌らしい。

「コカトリスは単体で行動することが多い。そして自分のテリトリー内でカエルとかネズミとか小さい鳥なんかを食べている。石化させたら自分も食えなくなるから石化は使わない。夜はだいたい寝てしまうが、昼から夕方にかけて、エサを探して、がっつり食べる」

「じゃあ、今が遭遇《そうぐう》するチャンスってことか」

「というより、今しかない。棲《す》み処《か》で眠られてしまったら、まず見つけられない。なので夜に捕まえるのは絶望的だな。日暮れまでが勝負だ」

なるほど、見事に焼肉大会向けの食材だ。

「ありがとう！　やっぱりアリエノールは森生まれだけあって詳しいな！」

「よ、余計なことを言わなくていい……。お前に褒《ほ》められても一切うれしくない！　むしろ、お前が無知なだけだ！」

アリエノールはもちろん素直にありがとうとは言わないが、まんざらでもなさそうだ。

褒められたせいか、顔もちょっとだけ赤い。

「こんなもの、モルコの森で黒魔法を生業《なりわい》としている我が一族なら、自明のことだ……。コカトリスに誤って石にされた者を元に戻すのも仕事のうちだしな……」

そっか。黒魔法使いといっても、仕事をする環境によって得意分野も違うんだ。

都市部にはコカトリスなんて出没しない。だから知識も必要ないし、深まらない。

けど、森を本拠地にしている黒魔法使いは、森について詳しくならざるをえない。

これまでアリエノールが空回《からまわ》りしてたのは、自分の得意分野を把握《はあく》してなかったせいじゃないか。森の知識を使える課題なんてほぼ出ないから、生かせないってのもあるけど。

「よし、役割分担を決めよう。アリエノールはコカトリスの居場所を調べてくれ。その代わり、危険が伴《ともな》うだろう仕留める役は俺がやる」

「本当にいいのか？　石化して回復したとしても、後遺症が残ることもあるんだぞ。肩こりが無茶苦茶《むちゃくちゃ》ひどくなるとか」

地味に嫌な後遺症だな……。

「それに石化の回復も一〇〇パーセントではないからな。そのまま死ぬ奴だっている。だから、あんまりお勧めはできない」

「アリエノール、やさしいんだな」

変な間が空いた。

直後にアリエノールの顔色が一気に真っ赤に変わる。

俺も言い方がまずかったかなと少し反省した。煽《あお》ってる感じになってないかな……。

「何を妙なことを！　誇り高い黒魔法使いの私が、敵であるお前にやさしさを示すとか、あ、ありえないし！　正気の沙汰《さた》じゃないし！」

「けど、客観的に見て『それは危険だぞ』ってちゃんと伝えるのは大事なことだと思う。こう、本音じゃ絶対許せない奴でも、一応最低限の手は差し伸べようとしてるっていうか……。そういうのはやっぱりやさしいって言うんじゃないか？」

俺なりの誠意は通じただろうか。とにかく、アリエノールは普通にいい奴かもしれないのだ。そりゃ、いい奴だとしても敵認定されてるわけだから、そこは厄介《やっかい》だけど。

「お前は……変な奴だな……。ますます嫌いになったぞ……」

どうやら、俺の発言はいろいろと失敗だったらしい。でも、元が最低に近い評価だったから、今更気にはしない。だって、これ以上は下がらないし。

「わかった。そこまで死にたいのなら、その役を止めはしない。だが、こっちが動けと言うま

では絶対に仕留めようとするなよ？　コカトリスは警戒心が強いからな。中途半端に飛び出すのが一番危ないのだ。過信すると、ベテランのコカトリス捕りでも石になる」

それって安全ってわかるまでは動くなってことだよな。

やっぱり、こっちの身を案じてくれてるじゃないか。

俺たちは慎重に森の中に入っていった。まずは森の手前を中心に捜索する。

「ここもないな。よし、次。次に行く！」

アリエノールは途中からダウジング用の棒を二本取り出している。

「それって魔法なのか？　あと、鉱脈とか水脈を見つけるダウジングで、動物は無理だろ……」

「黙っていろ！　これは先祖代々続く方法なのだ！」

俺は半信半疑だったが、どこにコカトリスがいそうか判断つかないので、従うしかない。

けれど、二十分ほど歩いていると、ダウジング用の曲がった棒がぐるぐる回りだした。

「近い、近いぞ！」

「え、マジで動物に反応するのか、それ!?」

「とにかく、このへんにいる！　少し黙っていろ！」

そこから少し進むと、本当に木の陰からコカトリスのヘビのような尻尾《しっぽ》が見えていた。

こっちにはまだ気づいていない。尻尾を向けている状態だ。

「よし、ここからは俺の仕事だ」

俺はそうっと杖《つえ》で魔法陣を描いていく。

「精神支配（中度）」を使う。

以前はもう一ランク下の威力でも蜂《はち》を使役《しえき》できた。今回も効いてくれれば！

くるっと、コカトリスがこちらを向く。ゆっくりと俺たちのほうに歩いてきた。

なんでこっちに歩いているのか自分でもわからない、という顔をしている。

「よし、効いている！」

あとは目の前まで接近させて、そこをナイフで仕留めればいい。

しかし俺も精神力を使う。なにせ、くちばしでかぷりとやられたら石になるのに、そのくちばしを自分に近づけているのだ。

集中、集中……。あと、せいぜい三十秒ほどのことだ……。

その時、がつん！　と音がして、何かが杖にぶつかって、吹き飛んだ。

「わ、悪い！　ダウジングの棒が回転しすぎて吹き飛んだのだ！」

たしかにアリエノールの片手では残ったダウジングロッドがぶんぶん回っている。

「それ、絶対ダウジングじゃないだろ！」

しかし、まずいことになった。

今ので俺の精神集中も切れた。

コカトリスがこっちをにらんでいる。完全に敵と判断したらしい。

「逃げたほういいぞ！　コカトリスは一度敵とみなしたら、石にしようとどこまでも追ってくる！」

「ちなみに、逃げて間に合うのか……？」

「………コカトリスは飛べない分、足が速いので追いつかれる可能性も高い」

じゃあ、詰んでるじゃないか。

「なので、私がおとりになる」

一瞬、俺はアリエノールが何を言ったのかわからなかった。

「その間にお前は逃げろ。コカトリスも同時に二人は追いかけられない」

アリエノールの顔は真剣そのものだった。ふざけて言ってるわけじゃない。

「俺は敵じゃないのかよ……？　なんでアリエノールがおとりになるんだ……？」

「これは私のミスだ。自分のミスは自分で償《つぐな》う。それに……お前とは魔法対決で勝たないと、意味がない……」

この子、プロ意識あるなと思った。

「アリエノール、お前はもう研修合格だ。一人前の根性がある」

「ふん！　そんなの、お前に決めてもらうまでもないのだ！　さあ、とっとと逃げろ！」

「その必要はない」

「お前な！　都会の人間はコカトリスの怖さを知らないのだ！」

どうにか笑みを作って、言った。

「新人でも俺だってプロだ。必ず、切り抜けてやる。策もある、ある」

じりじりコカトリスが近づいてくる。歩みは思ったより緩慢《かんまん》だ。

こっちが逃げる様子を見せないから攻撃を警戒しているのかもしれない。

それでも、だんだん俺たちとコカトリスとの距離は縮まっていく。

俺はすぐに足で魔法陣を引いていく。

間に合え、間に合ってくれ！

「石だ！　小石をコカトリスに投げまくってくれ！」

「何を言っているのだ！　おい、コカトリスが迫っている！　手遅れになるぞ！」

「石だ！　石！　頼んだぞ！」

もう、コカトリスがジャンプしてこっちに襲い掛かろうかという態勢に入る。

最悪、短いナイフ一本で立ち向かうしかない。

しかし、その前にぽかんぽかんとコカトリスの頭に石が当たりだした。

コカトリスが後ろを振り返る。

けど、石が飛んできてるのは後ろじゃなくて、真上だ。

そこには、何体ものインプが石を持って、宙を舞っている。

インプを召喚して、投石を頼んでいたのだ。石、石と叫んでいたのは、召喚してすぐにこっちの指令を理解してもらうためだった。

「こんな感じでいいですかい？」

「ありがとうな！　せっかくだからもっとやってくれ！」

「グギャアアー！　ギャアアアア！」

小石の連弾にコカトリスが不愉快そうな声を出す。インプが真ん前にいれば、嚙《か》みつきにいっただろうが、空を浮いてたり、離れていたりするので迷っているのだ。

よし！　おかげで隙《すき》ができた！

俺はナイフを持って、コカトリスに一気に接近。

小石の雨を縫《ぬ》いながら、

「喰らえっ！」

俺はナイフでコカトリスの首に一撃を決める。粘度の高い血がぼたぼた垂れる。

コカトリスはその攻撃に思わず反撃に出ようとしたが――

「とどめだっ！」

再度ナイフでの攻撃を受けて、ついに沈黙した。

「ふぅ……危なかった……」

俺はその場にへなへなと座る。リスクの高い賭《か》けだったけど、成功した。

インプを使わずに単身挑んでいたらどうなっていたことか。

「どうだ、アリエノール？　ちゃんと、やれただろ？」

俺はアリエノールのほうを向く。これで少しは喜んでくれるかなと思った。

でも、違った。

アリエノールはいかにも職人という顔をしていた。

むしろ、これからが本番という雰囲気《ふんいき》があった。

「おい、ぼさっとしてたらダメだろうが！　これだから都会の魔法使いは！」

アリエノールは自分のナイフを持って、倒したばかりのコカトリスをつかむと——その場で勢いよく解体しはじめた。

「えっ、ここでやるのか……？」

「こういうのは鮮度が最重要なのだ！　一刻も早くお肉の形にするのだ！」

アリエノールの手さばきはかなりのものだ。どんどん、美味《うま》そうな肉の形にコカトリスが切り分けられていく。

「血がまわると、臭《くさ》みが増すからな！　仕留めたら即座に仕事だ！　これで味がまったく変わる！」

こいつ、黒魔法使いじゃなくて、山の猟師《りょうし》か何かじゃないのか……。

できた肉はアリエノールがすべて袋に納めた。

「うむ、上質の肉だ。締まりもある。フランツ、帰るぞ！」

調子いい奴だな。俺の功績でもあるんだから、少しはねぎらえよとも思ったけど――

アリエノールがすごくいい笑顔をしていたので、よしとするか。

◇

結局、俺たちとメアリのペアが無事にコカトリスを獲得した。

もう一組は硬いパンを食べるということになっているはずだったが、お情けで講師が自分たちでも仕留めていたコカトリスの肉をちょっと分けていた。

俺は使い魔のセルリアにも肉を分ける。

「うわあ、とってもおいしいですわ！」

「だよな。これまで食べた鶏肉が偽物に思えるレベルだ」

コカトリスの焼肉は本当に美味かった。しかも、自分で体張ったうえに、野外での網焼《あみや》きスタイルときている。これでまずいはずがない。

アリエノールのほうは「ここのは地元のコカトリスほどおいしくはないな」と素直に褒《ほ》めてはいなかったが、それでもまんざらでもなさそうだった。

ただ、これ以上の距離は縮められなかった。

アリエノールは黙々と自分の分を焼いて食べているし（使い魔のカラスにはあんまりあげて

なかった。アホーとか言ってたからその報復だろうか）、まだ壁を感じなくもない。

共同作業という意味ではなかなかハードなことをやったけど、友達になれたかというと難しいかな。

学校でもクラスでは普通に話せるけど、友達かというと別にそうじゃないって奴はたくさんいた。共同作業の時だけの協力止まりってことかな。

メアリが串焼きをむしゃむしゃやりながら、こっちにやってきた。メアリはセセリとボンジリという部位ばかり食べている。あと、刺身もいいとか言って、生でも食べていたけど俺は生で鳥を食べる気にはなれない。

「フランツはどうだったの？」

「危ないところだったけど、なんとか仕留めた。そっちは？」

「狩り開始から七十六秒でコカトリスを倒して、戻ってきたよ」

世界新記録かよ……。

「もう、明日は王都に帰る日だね」

「ああ、そういえばそうだな。長いような短いような変な時間だった」

二週間もない程度の期間だったけど、少しは成長できただろうか。

できれば、アリエノールともう少し仲良くなりたかったな。

◇

無事に焼肉大会も終わって、俺は部屋に戻ってきた。

そしたら、ドアの隙間《すきま》に真っ黒なおどろおどろしいメッセージカードがはさまれていた。


最後のオリエンテーションのお知らせ　建物の裏にて研修生のサバトを行います。夜が最も深くなる時間に来られたし。ただし、使い魔は各々《おのおの》持ち出さないように願います。


このへんは、やっぱり黒魔法使いの研修っぽいな。

せっかくだし最後に出るか。セルリアを呼べないのはかわいそうだけど、使い魔が人の形をしているのがレアなので、しょうがないか。

夜中、俺はそっと起き出して、サバトの会場に行った。

「よく来たな」

背後から声がかかって振り向くと、アリエノールがいた。

「夜が明ければ、袂《たもと》を分かつことになるわけであるが、お前との因縁《いんねん》をそのままにしておくわけにもいかんと思ってな」

「まさか、最後に勝負しろとかいう気か……？」

ほかに誰もいないところを見ると、これ研修の正式なイベントじゃなくてアリエノールが個人的に呼び出しただけだな。

使い魔禁止というのも、セルリアを勝負に加えないためだろう。

びしっと、アリエノールは俺のほうを指差した。

「よいな、フランツよ。必ず、王都に戻ってもこれまで以上に研鑽《けんさん》を積み、大魔法使いになるのだ。そう、この私、アリエノールの好敵手《ライバル》として恥ずかしくないようにな！」

あれ、これって……。

意訳すると、「王都に戻っても頑張れよ」とエールを送られてると認識していいよな？

「この私も、名門の家を絶やさぬよう全身全霊を尽くす。親は『もう黒魔法稼業《かぎょう》も自分たちの代で畳《たた》むことになるかな、これからは白魔法を覚えてどこかの企業に入るかな』などと言っていたが、そんなことはさせん！」

これは意訳すると、「家族経営の黒魔法の仕事、地元でまだまだ続けていくぞ」ということになるだろうか。

「私はモルコの森でまだまだやっていく！　あっさり都会に屈するつもりはない！　むしろ都会から、ど田舎《いなか》にある私の工房に客がいちいちやってくるようにしてやる！　田舎に来ないと買えない黒魔法の商品をばんばん作ってやる！」

これはアリエノールなりの決意だ。

田舎の黒魔法使いも経営は厳しいんだろうけど、それでも必死にあがいてやるとアリエノールは言っているのだ。

こういう表現が正しいのかわからないけど、俺は重い肩の荷が下りた気がした。

別れる前にアリエノールとこんな形で語り合えてよかった。

そしたら気まずいものもなく、お互い帰ることができるだろうから。

そこで、アリエノールは俺から視線を横にそらした。

「実を言うと……研修で上手《うま》くいかないなら、もう私も違う仕事につくべきかと、ほんのわずかに……蚤《のみ》の足ほどには思った。しかし、お前に田舎の黒魔法使いならではの生き方があると教えられた気がした……。ま、まあ、私の知性でそれに気付いただけだから、礼を言う気はないが……」

いや、それ、もう礼を言ってるに等しいぞ！

「まさかインプ召喚でコカトリスを捕まえるとはな……。お前みたいに黒魔法を使って、いろんな山の獣を捕獲する仕事をすれば、猟師の数も最近減っているし、商売にできるかもしれない……。獣を集めれば生《い》き胆《ぎも》を使った黒魔法の商品も作れるしな……」

「新しいビジネスチャンスがつかめそうなんだったら、本当によかったよ」

個人経営だと、自分で創意工夫《くふう》をしていかないといけないから、それはそれで大変だ。

「別にお前に心配される義理などないが……伝えるだけ伝えておこうと思った。お前がこれを私からの礼ととろうがとるまいが、そこはお前の勝手だ！」

顔を真っ赤にしているのが、夜の闇の中でもわかる。

もう、素直に一言「ありがとう」って言ったほうが早くないか……？

「わかった。俺は俺で勝手に解釈するよ。ありがとうな、アリエノール」

「そうか。礼ととるなら、それはそれでいい……」

「コカトリス探しの時は、俺たちいいパートナーだったぞ」

もう、この研修で思い残すこともなくなった。

次の研修がいつになるかわからないが、次にアリエノールと出会った時も今日のことを思い出せるだろ。

「いいパートナーか……。そ、そうかもな……」

一歩、二歩、アリエノールが俺のほうに近づいてくる。

なんだろう、最後に握手でもしようっていうことか？

「それじゃ、サ、サバトをはじめる……」

「え、サバトってもうこれで終わりじゃないのか？」

もともとオリエンテーションを黒魔法的に呼んだだけかと思っていたのだけど。

「サバトといえば、に、にに、肉欲の夜を捧げねばならんだろうが……」

アリエノールがそのまま身を寄せてくる。

あれ、これって……。

「黒魔法使いらしく、乱れねばならんからな……。もちろん愛とかそういうのはないぞ。むしろ愛も何もないところで乱れることこそ、真実の愛を標榜《ひょうぼう》するような白魔法やその信仰する神への冒瀆《ぼうとく》となるのだ……」

「意図は、理解した……」

理解はしたけど、これって、いいんだろうか……？　黒魔法業界の常識なんだろうか……？

「ほら、ぼさっとするな……。お前も黒魔法使いだろうが……。ちゃ、ちゃんとリードしろ……バカ……。私だってすごく、は、恥ずかしくて、死にそうなんだ……」

アリエノールの体がふるえているのがわかった。あんまりいじめちゃダメだ。

「まずは髪を撫《な》でろ……。ゆっくりとだぞ……。やさしくだぞ……。こういうのは雰囲気《ふんいき》が大事だからな……」

「う、うん……。その、ちなみに、どこまでしていいんだ……？」

正直、体のほうは黒魔法とか関係なしにかなり熱くなっている。

しばらくアリエノールから返事はなかった。

ただ、顔を俺の胸にぎゅっと押しつけてきた。表情を隠すみたいに。

「さ、最後まで……」

──そのあと、長時間、冒瀆的なことをしました。

しかし、研修の施設の裏手でこういうことをするのって、ばれたら反省文コースなんじゃないだろうか。会社に苦情がいったりすると、社長の顔にも泥を塗ることになるな──とか思ってたのは最初だけで、途中からそういうことは忘れて愛し合っていた。

「ふぅ……サバトはこんなものでよいな」

夜が明けはじめる頃に、やっとアリエノールはそんなことを言った。

落ち着き払った表情でアリエノールは服を着はじめる。

俺も目をそらしながら自分の服を着ることにした。

「なあ、アリエノール、お前の連絡先教えてくれないか。ほら、お前だって同期のつながりはあったほうがいいだろ……」

ちゃんと理由を言わないと、この状況だと下心があるようにしか聞こえないよな……。

「一回しか言わないからな……。シズオグ郡のモルコの森だ。王都を西に百五十キーロほど行くと、フーディー郡に着く。さらに北へ三十キーロほど行けばシズオグ郡だ……。郡都からモルコの森行きの馬車が一日三便出ている。終点でカーライル黒魔法商店がどこか聞けばすぐわかる……」

思ったより詳しく教えてくれたな。これ、また会わないとまずい気がする。

「お前の居場所も教えろ……。呪いの品を送る時に必要だからな」

俺は自分の住所を伝えた。

「では、また会おうなライバルよ！」

手をさっと振って、アリエノールは去っていった。

なんというか、長い一日だった。

その後、俺はそうっと部屋に戻った。

セルリアの横のベッドに入る。

「お楽しみでしたか？」

さらっと言われた。

「あっ、うん、はい……。ばれてたんだな……」

「ご主人様、なかなか今日はポイント高かったですわ。研修の最終日に抜け出して同期と一夜を……なんて、サキュバスとしても感心しますもの！　さすがわたくしのご主人様ですわ！」

そこを評価されるのも変な気分だけど……。

第四話

中途採用のワニ獣人の先輩

「研修は上手《うま》くいったようですね」

会社に戻った俺をケルケル社長が笑顔で出迎えてくれた。

その横ではファーフィスターニャ先輩がカラフルな紙テープを投げたりして、祝ってくれている。

「わざわざこんなものまで用意してくれなくても……」

「何日も出ていってると思うと、本当に後輩君が帰ってくるのかと不安にもなる。昔は研修で心折れて辞めた人もいた」

なんか嫌なことを聞いたな……。昔の黒魔法業界はもっと厳しかったんだろうな……。

「あんなの楽勝だよ」

メアリは俺の横で「えっへん！」とでも言いそうな顔で胸を張ってるけど、超熟練の冒険者がコボルトを一撃で倒せると自慢してるような大人気なさがある。

ちなみになぜか、メアリはセルリアにだっこされている。

熟睡しすぎて、遅刻しそうだったたからセルリアがメアリをだっこして出勤した。そのまま調子に乗ってだっこを継続しているのだ。これじゃセルリアが誰の使い魔かわからないな……。

「さて、フランツさん、夏休み取得の件ですが、いつ頃にいたしますか？」

ケルケル社長が小さいカレンダーを出して言う。そういえば、もう夏と言えば夏なんだよな。

「じゃあ、八月なかばでお願いします。実家に帰省《きせい》しようかなと。海の近くで、なかなか景色のいいところなんですよ。ライトストーンというところなんですけど」

「えっ、海があるの？」

ファーフィスターニャ先輩が食いついてきた。

「はい、ライトストーンって語源も、漁師が海で光る石を見つけたからだと言われてるんです。実家は漁師でもなんでもなくて、町の会計士なんですけどね」

「私、海見たことない」

意外な感じもしたが、王都は内陸にあるし、人口で考えれば海に面してないところに住んでる人のほうが多いから、ありえないことでもないか。この人、活発に動かなそうだし。

「じゃあ、ファーフィスターニャさん、夏休みを同時に取得してライトストーンに行ってみたらどうですか？」

そんなことをケルケル社長が言った。

「それに今なら海の温度も高いので、泳げますよ」

「海。胸が高鳴る」

あまり表情を変えずにファーフィスターニャ先輩が言ったけど、本人談を信じれば本当に高鳴ってるんだろう。

「社長、いいの？」

「いいですよ。むしろ、私まで久しぶりに犬かきで泳ぎたいぐらいですし」

あれ、この流れはまさか……。

「じゃあ、皆さんでそのご主人様の故郷の海に行ってみませんか？」

セルリアがそう提案した。あ、これはもう確実にみんな来るな。

「あの……皆さん、俺のふるさとにお越しいただけるのは大変うれしいです。が、一つだけ守ってほしいことがあります」

俺はこほんと空咳《からせき》する。早目にはっきり言って釘を刺しておかないとまずい。

「俺の実家にみんなで来るというのはナシでお願いします。宿はちゃんととってくださいね！」

セルリアの腕の中のメアリが「ふうん、そんなにフランツの家、狭いんだ」と失礼なことを言った。

いや、お前の超豪邸と比べたら一般家庭だから狭いけどな……。

「狭さの問題じゃない。メアリですら、本音を言うとあまり家には来てほしくないぐらいなんだ……。なにせ、俺の親父《おやじ》、ものすごく厳格だからな……。たくさんの女子と帰省なんてした日には三秒ぐらいで追い返される危険すらある」

親父はとにかく笑わない男だった。とくに軟派《なんぱ》な男は許さないというタイプだ。

その分、勉強したいと言えば金は出してくれたし、だから王都の魔法学校にも通えたわけだけど。

「だとすると、わたくしがついていくのもなかなか大変ですわね……」

セルリアが困った顔になった。そう、まさにそれが最大の懸案だ。

黒魔法使いやってて、サキュバスを使い魔にして暮らしてます――と言わないといけない。

「けど、セルリアまで紹介しないのはおかしいと思うんだよな……。使い魔を親に隠すってことは、自分の仕事を親に堂々と言えてないのと同じだし……。だから、セルリアは責任持って連れていくつもりだ」

逆に言うと、それが今回の精一杯だ。

でも、ほかの社員も女の子だらけの会社で働いてますなんて伝えたら、「そんな男に育てた覚えはない！」とかキレられるリスクも上がる。まずはセルリアで様子見をしたいのだ。

別にいかがわしいことをしてるわけじゃないし、何を言われたって今の仕事は続けるに決まってるけど、親がいい顔しないというのは鬱陶《うっとう》しくはある。そこは素直に息子を応援してもらいたい。

「なるほど。ただでさえ黒魔法業界で働くことを嫌がる親御さんは多そうですし、ここはライトストーンに宿をとることにいたしましょうか」

社長、その発言は来るってことですね。まあ、いいや。地元にお金落としていってください。

なんか、最近ライトストーンは不況って話だし。

このあと、夏休みの調整がなされて、結局俺は五人で帰省することになった。帰省には馬車などを乗り継いで行く。

自分以外は当然女の子だ。これ、親には見せられんな……。

子供時代、親父は厳しかったけど、一方で「お前は男の中の男だ」とよく褒《ほ》めてもくれた。

「年頃になると、女の尻を追いかける男が多いが、お前はそういうことがない。立派だ」なんて言われたりもした。

それは親父の息子を見る目が曇っていると言っていい。

単純に俺はモテる努力をしなかっただけだ。

あわよくばモテたいとは思ってたけど、あわよくばレベルだったので、普通に勉強を優先していたら、そういうモテるキャラになるチャンスを取り逃がしたのだ……。

これは男の永遠のテーマかもしれないが、勉強ができてもモテることは基本的にない。少なくとも学校の成績順にモテるなんてことはない。モテるだけならスポーツをやったり、単純にイケメン目指して美容に金や時間をかけたりするほうが有利だ。

で、それは魔法使いとして大成するベクトルからはずれている。なかなか両立はできない。

実際、女子と二股《ふたまた》かけてた男子生徒もいたが、成績はあまりよくなかった。勉強に時間が取れないと、途中からついていけなくなるからな。

自業自得《じごうじとく》だから一切同情しないぞと思っていたけど、今の俺の、家にセルリアもメアリもいる生活って他人から見るともっとただれているように受け取られかねないので……なんというか、相手の理解が大事だなと切に思う……。

そして、今も馬車で女子に囲まれている。

左右にメアリとセルリア。向かいにファーフィスターニャ先輩とケルケル社長。なお、先輩と社長の使い魔は場所の関係で屋根の上に乗っている。

たまに馬車が揺れると、セルリアの胸が当たる。

絶対に親父には見せられない。もちろん母さんにも見せられない……。

「ご主人様、楽しんでいらっしゃいますか？」

多分、帰省の旅を楽しんでるかという意味だろうけど、俺は違う解釈をした。

「うん、楽しんでるよ、セルリア……。むしろ、このあとよくないことが起こるんじゃないかって怖くなるぐらいだな……」

◇

馬車は順調に街道を進み、やがてライトストーンに着いた。

着いた直後から「生臭《なまぐさ》いにおいがしますね」とケルケル社長が言った。さすが、ケルベロスだ。

「俺としてはこれこそ地元の香りですね。磯《いそ》の香りですよ。海が近い証拠です」

その言葉にファーフィスターニャ先輩が珍しく瞳を輝かせた。

「ぜひとも、その海なるものを見たい」

ということで俺はすぐに海へと案内した。

ただ、海に行くまで市街地を通るのだけど——やけにさびれていた。

「あれ……子供の頃にあった店がつぶれてる……」

地方都市の中では栄えているほうだったんだけどな……。やけに疲弊《ひへい》している……。

「やはり、地方はきつい」

ファーフィスターニャ先輩が遠慮《えんりょ》なく言った。

あんまり地元をディスってほしくないが、これは弁護できない。

家の壁なんかには「大増税反対！」なんて張り紙がしてあった。

「ああ、そういえばライトストーンって福祉《ふくし》に財源がいるとかで、増税を行ったはずですねえ。大きなニュースになっていましたよ」

そのあたり、さすがケルケル社長は詳しい。

「そういや、人口減少と高齢化に対応するために福祉を充実させる、そのために増税を行うって、地元の領主が決めたんでした」

これはかなり大規模な地方の改革だったらしく、王都の新聞でも詳細に報じられていた。

「まあ、さびれてるように見えますけど、海はそんなことないからご安心ください。もう、海はすぐそこです」

海の周囲は大きな波が来た時のために波除けの堤防があるので、それを越えていかないといけない。

なので堤防の上に昇ると、一気に海とその手前の砂浜が広がるのだ。

青いというより、エメラルドグリーンに近い海が広がっている。

この日は空もよく晴れていたので、小さな無人島も海の奥にいくつか見えた。

「これは絵でしか見たことのない景色」

思わず、ファーフィスターニャ先輩は両手を広げていた。

なんというか、青春してるように見えた。年齢的には高齢者だけど。

そして、そのまま砂浜に出て海に向かって走り出した。

「なんだか、微笑《ほほえ》ましいですねえ」

社長は使い魔のゲルゲルとともにその様子を楽しそうに見つめている。

「リフレッシュして心のほうを回復する、これぞ正しい休暇の使い方だワン。仕事でボロボロになっていると、体を回復することにしか使えないのでよくないワン」

ゲルゲル、犬だけどチェスのチャンピオンだけあっていいこと言うな。

ただ、そこでふと気になることが頭をもたげた。

「あの、社長、ファーフィスターニャ先輩は海を見たことなかったんですよね？　泳げるんですか？」

「あははは、泳げないのに海に向かって進む人なんているわけが――」

微笑んでいた社長の顔が、真顔になる。

俺と社長はあわてて先輩のほうに走っていった。

「あれ、沈む……。しおからい……けほけほ……」

うわ、マジで海に走っていってそのまま溺《おぼ》れてるぞ！

俺と社長が引き上げて、無事にファーフィスターニャ先輩を回収できた。

砂浜に寝転がって、先輩はぼうっとしている。

「海を舐《な》めていた。むしろ、海水を飲んでいた」

「うまいこと言わなくていいです。あと、舐めすぎです。それ、自殺行為を通り越してただの自殺になりかけてましたよ」

「それと、服が濡れてしまった」

先輩の顔は表情がわかりづらいけど、多分困っている。

濡れるのが困るなら、ダッシュで海に入らないでほしいけど、人生初の海でテンションが上がりすぎたんだろう。たしかに世界中の海の中でも、ここのエメラルドグリーンは絶景に入ると思うしな。

「じゃあ、水着を買いますか。その間に濡れた服はそのへんに置いて乾かしましょう。夏の太陽なら乾くと思いますし」

幸い、海に関する各種商品を売っている店が近くにある。

「水着？」

マジか……。そこから知らないのか。

けど、泳いだことすらないなら水着を知らなくても不思議じゃないか。王都のあたりでも泳ぐのに適している池なんかはあるけど、それもインドア派の人ならまったく行かないだろうし。

これに関してはケルケル社長が説明してくれた。

「泳ぐために着る布のことですよ。着衣だと泳ぐのがとても大変ですから」

ケルケル社長がちょっと離れた海水浴客を指差す。

水着で泳いでいる人の中には、タイツみたいなので全身をほぼ覆《おお》ってる人もいれば、もうちょっと布面積が少ないタイプの人もいる。

「裸ではみんな泳がないんだ」

なんか、トトト先輩みたいなことを……。

「公序良俗に反するので十歳以上は水着着用が義務付けられてます。自分専用の島でも手に入れれば問題ないですけどね」

「わかった。ああいうのを買ってみる」

こうしてみんなで近くのお店に行った。

誰も水着を持ってなかったので、ちょうどよかったと言えるかもしれない。

しかし、先輩は俺の考えてなかった理由で難色を示した。

「どれも高い。ずっと使うものでもないのに」

たしかに水着は値段が張る。銀貨一枚は当たり前だった。高いのは銀貨二枚もする。

「しょっちゅう使うならともかく、もっと安く済ませたい」

「気持ちはわかりますけど、まあ、でも、銀貨一枚かかるんだったら、そうなるか……」

あと、メアリはメアリで「ダサいのしかない」と文句をつけていた。メアリは芸術家気質なところがもともとあったし、こういうところにはこだわるのかもしれない。実家が金持ちなことからしても目は肥《こ》えてるんだろう。

と、そこでセルリアが、ぴんと元気よく手を伸ばした。

「あっ、いい案がありますわ！」

本当にいい案なのかと思ったけど——少なくとも男にとってはいい案だった。

俺が男用の短パン型の水着に着替えて待っていると、女性陣が出てきた。

「こっちのほうがセンスいいよね。かわいさも増してる気がするよ」

メアリがセルリアの服でくるくる舞う。見た目はほとんど水着だけど、材質はセルリアの服と同じだ。

「どう？　フランツ、色っぽいかな？」

メアリが俺にひっついてくる。

「俺としては、メアリにはもうちょっと健康的なもののほうがうれしかったんだけど……」

そう、セルリアのいい案とは自分の替えの服をみんなに貸すというものだった。

たしかにセルリアの服は着衣面積が少ないので水遊びにも使えなくはない。

しかし、これは目立つ。目立ちすぎる。

「すうすうして落ち着かない……」

「なんだかこういう服を着ると、照れちゃいますね」

そこにファーフィスターニャ先輩とケルケル社長もセルリアの格好で現れた。

こ、これはなかなか衝撃的というか、刺激が強すぎるっていうか……。

まず、黒髪が印象的なファーフィスターニャ先輩がサキュバスのどこか踊り子っぽい服を着ると、やけに似合う。もはや本職のようにすら見える。

そして、小柄でかわいい系のケルケル社長の場合は、そのギャップが変な力を生み出している。それでいて、犬耳&尻尾《しっぽ》が見えている。

これ、すでになんらかの犯罪になっているんじゃないか……？

ちなみにこの衣装はデザインとサイズを魔法で調節できるらしく、巨人とか以外なら誰でもその人に似合う形で着用可能らしい。サキュバスにとっての民族衣装みたいなものだから、そのあたりも融通《ゆうずう》がきくんだろう。

「どうですか？　わたくしの案は？　これなら海でも問題ありませんわ！」

セルリアの功績は偉大だと思う。

ただ、あまり喜びすぎると問題があるので、静かに俺は讃《たた》えることにしたい。

「でかした、セルリア」

「ふふふ、ご主人様の趣味はわたくし、よくわかっていますからね」

待て、それってどういう意味だ……？　むっつりってことか？

こうして俺・サキュバスの服の女子四人という集団で海で遊ぶことになった。

なんか、金持ちの男のヤバい趣味みたいだけど、そういうのでは一切ない。金持ちだったら無人島を買い取ってプライベートビーチ的に使ったりするだろうし。

やること自体はかなり健全だ。まず、磯《いそ》の生き物探し。

浜からちょっと移動すると、いろんな生き物がいるエリアがある。

俺の地元なのでこのあたりは詳しいのだ。

「ほら、これがヒトデです」

「おお、噂《うわさ》どおり、本当に星の形をしている……」

海の初心者であるファーフィスターニャ先輩は俺の紹介する生き物を一つ一つ興味深く見ていた。

「あっちにいるのはヤドカリですね。貝の死骸《しがい》を自分の家みたいにしているんです」

「どれも実物を見るのは初めて。とても面白い」

なんだか海の生物についての授業みたいになっているな。

一方、ケルケル社長はざぶんと水に飛び込んで、魚を手で取ったりしていた。

「上手《うま》いですね……」

「こういうのを見ると、野性が目覚めるんですよね。たまには犬の姿で野山を走り回りたくなるんですけど、こんな休暇もいいですね♪」

社長、やっぱりケルベロスっていうか犬なんだな……。

「わらわはこういう場所は苦手なんだよね……」

メアリはなぜか浮かない顔で、俺に密着しながら怖々《こわごわ》と移動している。なんか学校の文化祭のお化け屋敷でも歩いているみたいだ。メアリより怖いお化けなどいないけど。

「何がそんなに苦手なんだ？　磯の香りがダメって人ならいるけど」

「こういうところって出そうなんだよね。岩場とかはとくに……」

――と、カサカサと何かが岩間から動くのが見えた。

「ああ、フナムシか」

「ひゃあっ！　出た！　怖いよ、お兄ちゃん！」

メアリが思いっきり抱きついてくる。この服で抱きつかれると変な気分になりそうでよくないな……。しかし、メアリの本気度は伝わってくる。

「そっか、フナムシそんなに苦手か」

「お兄ちゃん……しばらくぎゅっとしてて……。怖くてふるえちゃうから……」

これは冗談じゃなくてマジだ。メアリは海みたいに青い顔をしている。

フナムシがダメという人はかなり多いが、『名状しがたき悪夢の祖《そ》』でも怖いんだな。フナムシ恐るべし。

「あらら、本当の妹さんみたいですわね。家族の意外な一面を見れましたわ」

セルリアはこういうの平気みたいだな。個人差があるものらしい。

「これ、この世界に来て、最初に見た時から生理的にダメなんだ……。動きがとにかくキモいよ……。フナムシとゴキブリはダメ……」

「カサカサ移動するものに嫌悪感を示すのかな……。俺も触りたいかと言われたら、嫌だし」

「お兄ちゃん、あったかい。髪撫《な》でて……」

俺はお兄ちゃんじゃないぞと思いつつ、今のメアリをそのままにしておけないので、言われたとおりにする。

「どうだ、落ち着いたか……?」

「うん、お兄ちゃ……フランツ、ありがと」

そこで、メアリがちょっと顔を上げて、俺の顔を上目づかいでのぞきこんできた。

「なんだかフランツに撫でられてたら、わらわ、え、えっちな気持ちになってきちゃったかも……」

　俺もドキッとしたけど、ここは毅然《きぜん》とした対応がいると思った。

「それは許可しない！　公共の場所だし！」

「ですねえ。お二人とも、我が社の社員ではあるので、そこは節度ある態度をお願いいたしたいです」

　社長からもフォローが来た。この姿に節度があるのかはすでに微妙なラインだけど、犯罪ではないのでいいんだろう。


　そのあとは砂浜を歩いて、ヤシの木陰で休憩することにした。

　というのもこの踊り子っぽいサキュバスの服の金属部分、すぐに熱くなるのだ。

　よくよく考えてみれば、踊り子って真夏の太陽の下では踊らないからな。だいたい夜の劇場とかで踊ると思うので、太陽対策は考えられてない。セルリアは慣れているのか問題を感じてないらしいけど、初体験の人にとったらそうじゃなかった。

　ファーフィスターニャ先輩が「このままだと火傷《やけど》するかも……」と言い出したので問題に気づいた。

　そりゃ、そうだよな……。水着が金属じゃない理由ってそれもあると思う。

　でも、波の音を聞きながらぼうっとするのも、これはこれで贅沢《ぜいたく》で悪くない。

「なかなかいい気分ですわ。魔界のバカンスを思い出しますわ」

すぐそばにいるセルリアがそんなことを言った。

「うん、俺も幸せすぎて怖いぐらいだ。デカいサメの襲撃でも来なきゃいいんだけど」

ごく稀《まれ》にだけど、ビーチにサメがやってくることもあるからな。

サメの種類によっては海水浴客を狙う奴もいるらしい。

「いや〜、私もついてきてよかったです」

ケルケル社長も気持ちいいのか、尻尾をぶるんぶるん動かしていた。

ちなみにこの集団、無茶苦茶《むちゃくちゃ》目立つらしく、視線をかなり感じていた。

「あの男、何者だよ」「どっかの領主のバカ息子じゃねぇのか」なんて声もする。

案の定《あんじょう》ねたまれている……。ただの新入社員です……。

ほかにも、「犬耳の子と一緒に過ごしたいな」「あのサキュバスの子も胸すごいぞ」「あの小さい魔族の子にお兄ちゃんって呼ばれるのこそ至高だろ」「黒髪の無愛想に見える子にぼそぼそ睦言囁《むつごとささや》かれることよりいいシチュはない」みたいな声も。

これ、親父《おやじ》に見つかったら殺されるな……。

ただ、恵まれすぎてるからこそ、ちょっと気がかりなこともあった。

「けど、こんなに一斉に夏休みをとっていいんですか？」

俺は社長に尋ねる。

「はい、ほかの方が働いてる時期とは少しずつずらしましたから」

「俺、まだこの会社でほかの社員はトトト先輩しか知らないんですが……」

まだ数人は社員がいるはずなのだが、どこで何をしているのかまったくわからない。

「ちょっとずつ会えると思います。基本的にうちの社員は個人主義なんで、みんなで何かをするというような話もないですしね。どっちかというと、会社に拘束《こうそく》されるのが苦手な人を雇ってた節もありますし」

「それはわからなくもないです」

社長の方針として、社会に合わないけど能力が高い人を引っ張り上げるという信念があるからだろう。

「なので、実はこのあたりの海で働いている社員の方もいるんですよ」

それはちょっとだけ意外だった。

「海辺というと青魔法の使い手が多いイメージでしたけど、黒魔法の人もいるんですね」

青といえば海ということで、海に関する仕事は青魔法使いが担《にな》うことが多い。

たとえば、魚を操ったり、波を鎮《しず》めたりするのは青魔法が得意だ。

海水浴場の管理なども青魔法使いがやっている。

「まっ、そこは人生それぞれですから」

なぜか意味深に社長は笑った。

「社長が笑っていると、正直言ってすごく怖いですね……」

この人は俺が見てることよりずっと先の、しかも深いところを見ている。

年齢が五世紀なだけあるのだ。

「その人から、またフランツさんはいろいろ学べるかもしれませんね」

「やっぱり、またすごい技術を持ってる人なんですね」

これは社会人になって、じわじわ感じてきたことだけど、会社の仕事も、個人の趣味での活動も、どれだけ長く縦に積んでいけるかが大人にとってすごく大事だと思う。

若い頃は一つ一つの経験の時間がまだ短いから、あまりスキルアップやキャリア形成を気にしなくても差は出づらい。

けど、大人になると十年や二十年もスキルという名のブロックを縦に積んでる人間と、その期間に横に並べてただけの人間との間で、とんでもない差が生まれてしまう。

しかも、社会的には、できない大人はできない若い人間より扱いもきつくなる。

スキルやキャリアというブロックを積めてなかった人は、どんどん生きづらくなる。

この会社の人は生きている期間の分、まっとうに成長してるから、素直に尊敬できる。

「ん～。技術というか、取り組み方ですかね」

社長はほのめかすだけで真相は語ってくれない。とはいえ、会ったこともない人間に、その社員の評価を誤解なく話すのって難しい気もするし、しょうがないか。

と、遠方から悲鳴みたいなものが聞こえた。

海のほうで何か大きなものが近づいてくるように見える。

「サメだ！　島ザメが出たぞ！」と誰かが叫んでいる。

げっ……。ヤバい！　とんでもないものが出てきた……！

「フランツ、島ザメってそんなに危ないの？」

メアリは全然知らないらしい。魔界にはいないのかもしれない。

「島ザメは、小さな島かと思うぐらいの超巨大なサメだ。人間なら数人まとめてひと飲みにしたりする！」

砂浜にいた海水浴客はすぐに避難しようと走る。

地元が近い人間はサメ対策もよくわかっているのだ。

「あんなに焦って移動しなくてもいいのにね。だって魚なんだから砂浜まで上がってこないでしょ」

メアリは余裕の表情だ。そして、遠方から来た客なのか、そう思っている人間はほかにもいるようだった。まずい、そうじゃない！

「ダメだ！　島ザメは砂浜ぐらいまでは十分に上がってくるぞ！　陸地のかなり先まで逃げないとやられる！　海から徒歩数分の距離のところまで飛び込んで人間にかじりついた事例まである！　ここにいたらエサとして残ってるようなもんだ！」

その言葉にやっとメアリやセルリアも表情を変えた。

「それでは、どうにかしないといけませんわね……。わたくしたちはともかくとして、ほかにお客さんもいますし……」

うん、俺たちのところはメアリがいるし、戦闘能力的に勝てる気がするけど、ほかの海水浴客が食べられるのはまずい。早く動かないと間に合わない！

島ザメの全体がだんだんと見えてくる。超大物だ。

でも、俺の魔法に、あれを一撃で倒せるようなものはないし……。

しかも、このパーティー、想像以上に汎用《はんよう》性がないことが発覚した。

「困ったなあ……わらわのミニデーモン軍団もまあまあ死傷者が出ちゃいそうだし……」

「メアリ、お前、攻撃系の魔法はないのか？」

「あるけど、このへんの人間、全部死ぬから本末転倒《ほんまつてんとう》だよ？」

なるほど……。メアリの魔法は小回りがきかないのか。

「私も戦えますけど、もうちょっと陸地に近づいてもらえないと、周囲にけっこうな被害が出るかもですね……」

「私も、現時点ではサメが遠すぎて攻撃できない」

社長と先輩も難しいらしい。なるほど、黒魔法って攻撃手段に特化したものじゃないから、遠距離をピンポイントで狙うとかはできないんだな……。

けど、社長はやけにのんびりしている。

「あの、社長……ほかのお客さんを助けたいんですが……」

「大丈夫ですよ。うちの社員が対応してくれてますから」

「社員？　ファーフィスターニャ先輩が何かやってるんですか？」

けど、先輩は首を左右に振っている。

「私じゃないよ。サンソンスー先輩だと思う」

「えっ？　ほかの社員なんてどこにいるんですか？」

「どこと言われると海」

その時、セルリアが「ご主人様、海が大変なことに！」と叫んだ。

なんと、水がせり上がって、壁のようになり完全に島ザメを囲っているのだ。

これは波か？　いや、こんな四方から局地的に集まってくる波なんてない。

「青魔法だ！　しかも、かなり強力な青魔法だ！」

その波は島ザメを囲んだままじわじわと海の上を平行移動して、沖のほうに運んでいった。

島ザメはやがて見えなくなってしまった。さすがにまた砂浜を狙うことはないだろう。

「おお、助かったぞ！」「青魔法使いのおかげだ！」

そんな歓声が海水浴客から上がる。

しばらくすると、海面に誰かが立っているのが見えた。

レオタードみたいな服の上から魔法使い的なジャケットを羽織《はお》っている。いかにも水辺で活躍する青魔法使いといった印象だ。長い髪の毛も青みがかっている。

その青魔法使いがぺこりと頭を下げる。

「皆さん、島ザメは沖に送ったうえで、『精神支配（強度）』の魔法で、人間は極端に不味《まず》いと洗脳いたしました。これで人間を襲うことはほぼないはずです。海岸はこのサンソンスーが管理していますのでご安心ください！」

少しずつその青魔法使いは陸地のほうに近づいてきた。

かなり凜々《りり》しい女性魔法使いだ。お客さんから「かっこいい！」なんて声もする。たしかに女性受けもしそうな、かっこよさがある。

ただ、その言葉にちょっと引っかかるところがあった。

「『精神支配（強度）』って、黒魔法なんじゃ……？」

そりゃ、簡単な魔法なら専門外のものでも使える可能性はある。基礎的なことなら魔法学校で習うかもしれないし。でも、「精神支配（強度）」というのはかなり黒魔法に特化したものだと思う。

くすくすと、社長が笑っていた。

「フランツさん、だって、あの方はネクログラント黒魔法社の社員ですよ。黒魔法が使えてもおかしくないですよ」

「ということは、青魔法も黒魔法も使えるってことですよね。また、どうしてそんな人材が……」

当たり前といえば当たり前だけど、青魔法が使える人が「黒魔法社」と名乗ってる会社に就職するケースは稀《まれ》だ。

「そのあたりのことは、せっかくだから、本人からお聞きしたらいいんじゃないでしょうか」

そう言うと、社長はサンソンスー先輩に手を振っていた。

向こうも気づいたらしく、てくてくと歩いてやってきた。

「社長、お久しぶりです。まさか、こんなところで出会えるなんて思ってませんでした」

「あとでお呼びしようとは考えていたんですけどね。今はサメが多い時期ですから大変ですね。こちらは新入社員の――」

「フランツです！」「その使い魔のセルリアですわ」「『名状しがたき悪夢の祖《そ》』のメアリだよ」

向こうの知らない顔が並んでいると思うので、すぐに名前を言って、それから簡単に自己紹介をした。

「へ～、じゃあ、まごうかたなき新卒採用なんだね。いいな～。ボクなんて思いっきり中途採用だからな～」

頭をかいて笑っているサンソンスー先輩のお尻のあたりからはかなり太い爬虫類《はちゆうるい》っぽい尻尾《しつぽ》が生えていた。普通の人間ではないらしい。

というか、ファーフィスターニャ先輩が先輩と呼んでいたということは、高齢者以上の年齢であることはほぼ間違いない。

「ボクの名前はサンソンスー。南洋のワニ獣人の集落の出身でね。今のメインの業務は海の管理だね。このあたりの海岸はボクが担当してるよ。水辺に近いところで働くほうが楽しいしね」

ワニの獣人ってかなりレアな民族だと思う。全人口三千人ぐらいの少数民族じゃないだろうか。

「あの、先輩、青魔法使いなんですよね。どうして、今はここで……？」

まさか青魔法使いが先輩にいるとは思っていなくて、驚いていた。

「サンソンスーさん、フランツさんたちにいきさつをお話ししてもらえませんか？」

「じゃあ、水着でも入れるカフェがあるので、そこに行きましょう。マスターともなじみですから」

なぜか、俺の地元なのに、逆に案内されるという変な流れになっているな……。

「ご主人様もここはお詳しいですわよね？　知ってるお店ですか？」

無垢《むく》なセルリアに聞かれて、俺はちょっとたじろいだ。

「多分、オシャレな店なら知らないと思う……」

俺はまだ十五歳になる前に王都の魔法学校に行ったからカフェなんて全然通ってないのだ……。

◇

案の定、カフェは俺の知らない店でしかもオシャレだった。

何かの古い木材をそのまま転用したテーブル、漁師《りょうし》が使っている道具をさりげなくインテリアにしていたりして、意識高い系なお店だ。女子を連れていったらモテるだろう。

十三や十四の時にもこういう店を使う奴は皆無じゃなかっただろうけど、俺とは違うコミュニティの人間だろうな……。海見ながら、海岸で砂糖水でも飲むほうが安上がりだし……。

「まさか、新入社員の君がライトストーンの出身だなんてね。おすすめの場所とかあったら教えてね」

「いや、多分あんまり紹介できるレベルのところはないですね……。せいぜい、安くて美味《うま》い定食屋ぐらいかな……。絶対先輩のほうが知ってると思いますよ」

ガキの時代に生きてても、そんな店とか入れないからな。

メアリは足をぶらぶらさせながらヤシの木ジュースを飲んでいる。一人だけやけに子供っぽい。

「それじゃ、青魔法使いのボクがどうしてこの会社にいるのか話をしようか。とはいえ、基本的に失敗談だから恥ずかしいんだけど……」

照れながら、サンソンスー先輩は話しだそうとする。

「ところで、なんでボクという一人称なんですの？」

セルリアとしては、話の前にそこが気になるらしい。いや、そこから聞くのかよ……。

「ボクの部族は十歳までは女も男として育てるんだ。だから、口調もボクが定着しちゃったんだ」

なるほど、そういう風習の民族がいるのは聞いたことあるな。明らかに女性なのに凜々しさがあるのはそのせいか。それと、ワニ獣人のせいなのかもしれないけど、背もかなり高い。

「ワニ獣人は幼い頃から青魔法を使う者が多くてね、それで、若い時に海辺のそこそこ大きな地方都市に出て、青魔法の会社にボクも入ったんだよ」

田舎《いなか》から出てきたということか。王都ほどの都会に来たわけじゃないけど、意味合いは似てるだろう。王都は内陸だから青魔法を使える職場も少ないしな。

「そこで今みたいな仕事をしてたんだけどね……。一言で言うと、そこのメンバーと衝突しちゃったんだよね……」

サンソンスー先輩が苦笑する。

「その会社はその地域の海の管理やらで都市と強くつながってたんだけど……ぶっちゃけ、利権でずぶずぶの関係でね……」

ああ、地方でさらにちょっと特殊な業務内容の会社となると、競合する会社もないだろうから、そういうこともあるだろうな……。

「別に、法的には犯罪に当たることはやってないと思うし、町のほうも毎年違う会社に海の管理を頼むのも大変だから、それはそれでいいんだよ。ただ――」

先輩の顔がそこで、むすっとしたものになる。何か腹が立つことでも思い出したらしい。

「実際に管理する側の青魔法使いたちも仕事がテキトーでね。どうせ、このあたりは自分たちが仕事を独占してて入札で争う会社もないから、ちょっといいかげんにやっても問題ないってスタンスだったんだ」

「先輩、だいたい話がわかってきました。そこで、仕事なんだから真面目《まじめ》にやれってキレたんですね」

サンソンスー先輩はゆっくりとうなずいた。

やっぱり、この会社、真面目な人が多いな。

逆に言うと、真面目に生きてるけど、なぜかひどい目に遭《あ》ってる人が世の中にはいるってことだ。

そこで、ジュースを飲みながら社長が能天気に注釈を付け加えた。

「ちなみに、その会社、それから十五年後につぶれちゃいましたけどね～。町の予算が減ってきて、まともに入札をするようになったら、ほかの会社に食われちゃいました。どうにかしようにも才能ある人ほど会社に残ってないから、どうしようもないですね～」

冷静に考えれば、そうだよな……。無能な家臣団しか持ってない領主は、ほかの領主に攻められたら、普通に滅ぶ。

ちなみにサンソンスー先輩がキレる発端はちゃんとあった。

その会社の青魔法使いが手抜きでチェックをしてなかったエリアで、子供が溺《おぼ》れて死にそうになるということがあったらしい。それをサンソンスー先輩が救って、事なきを得た。

サンソンスー先輩も、これには黙っていられなくなった。もっとしっかり仕事をしろと物申したらしい。

このタイミングなら人の命もかかってたわけだし、みんなも聞き入れると思ったというのもあるだろう。反省してもらうにしても、いい機会だろうし。

なのに、そこの社員たちはサンソンスー先輩のほうを邪魔者扱いした。

「ごめんなさい、わたくしにはちょっと意味がわからないのですけれど……」

セルリアは困惑しているようだった。仕事サボって人が死にかけて、それで逆ギレできるって変な話だよな。

「人間の中には自分の非を認められない人がたくさんいるんだよ」

その後も小さいイヤガラセの積み重ねがあり、サンソンスー先輩はその会社を退職した。

「辞める時にもこう言われたよ。この土地で青魔法で働けると思うなよって」

「ほんとに小物の集まりだね」

メアリがヤシの実ジュースの残りをごくごく飲んで、どんとテーブルに置いた。かなりイライラしてるな。

そのあと、サンソンスー先輩は同じ地方ではなかなか再就職先が決まらなかった。青魔法の企業なんてものは数も多くない。

「しょうがないので、何か仕事がないかと王都に行ってみたんだよ。都会ならそういう鬱陶《うつとう》しい地縁もないかなって、そしたら――」

「――酒場でケルケル社長に会った、というのであってますか？」

サンソンスー先輩は目をぱちぱちさせた。

「えっ？　なんで、わかったの……？　ああ、社長から聞いた？」

「いや、このあたりで社長と出会わないとこの会社に就職しようがない気がしたんで」

ケルケル社長はずっとにこにこしたままだ。

「はい、そうです、そうです。そんなに青魔法の業界が閉鎖《へいさ》的なら黒魔法のうちに来ませんかって誘ったんですよ」

ごく当たり前のように社長は言った。

多分、誘った時もごく当たり前のように誘ったんだろうけど、これはなかなかとんでもないことだ。一般的な社長なら絶対に誘わないだろう。

「ボクは最初、断ったよ。だって、黒魔法を使えない人間を中途採用しても、どうしようもないって」

サンソンスー先輩の反応はごく自然なものだと思う。

「そう言われちゃったので、私はこう返答をしました。じゃあ、今から黒魔法を覚えてくださいと。会社は会社で、あなた用の仕事を探しますからと」

ケルケル社長、かなり機嫌がいいな。尻尾《しっぽ》の動き方でわかる。

「社長は聖人。天使のようなケルベロス」

ファーフィスターニャ先輩が矛盾《むじゅん》したようなことを言ってるけど、わかる。

普通なら、あなたはうちの会社とは合わないから雇えませんって言うだろうけど、社長の場合、じゃあ会社が合う仕事を探すって言うのだ。

考え方が明らかに逆だ。しかも、上手《うま》くいっている（ように俺には見える）。

「私としても青魔法が使える社員がいてもいいかなって思ったんですよ。もしかして、すごく変わったことができるかなって。もちろん、黒魔法も覚えていってもらいましたけどね」

「はい、社長には黒魔法継承式でお世話になりました……」

俺はちょっとむせかけた。

それって、社長とえっちなこととして使用できる黒魔法の数を大幅に増やすあれだよな……。

「ああ、サンソンスーさん、恥ずかしがってましたね。ごめんなさいね」

頬《ほお》に手を当てて、のほほんと社長は言った。

のほほんと扱える話題じゃないんだけどな……。

そこから先、サンソンスー先輩はものすごく真剣に黒魔法の習得に励《はげ》んで、どんどん実績を積んでいったらしい。

きっと、社長は中途採用でもこの人は伸びると見抜いていたんだろうな。

「そのあと、我が社は青魔法に黒魔法の要素も加えた新しい海の管理業務にも進出しまして、それなりに成功しているというわけです。さっきみたいな島ザメをあっさり御《ぎょ》せる青魔法使いって限られてますからね」

「はい、また昔やっていたような仕事ができて、うれしいです」

サンソンスー先輩みたいな人に管理されて、地元の海の平和も保たれてるんだな。

「ちなみに、青魔法業界から妨害とかされなかったんですか？」

「大規模にやれば、邪魔もできたでしょうけど、サンソンスーさんが管理している範囲は限られていますから、今のところ問題ないですねえ。裏では恨まれてるかもしれませんけど」

やっぱり社長はすごいな。この会社に入れて、よかった。

「さてと、まだ時間はありますよね。せっかくですし――」

サンソンスー先輩はちらっと窓から太陽の場所を確認してから、俺たちのほうを見回した。

「沖合の無人島のほうをクルージングしませんか？」

「えっ!?　そんなことできるんですか!?」

無人島のほうは潮の流れが速くて危ないから泳いではいけないと言われている。しかも岩礁《がんしょう》地帯で、船も沈む危険があるので、地元民すら避けていた。

「それなら問題ないよ。ボクの使い魔に乗れば楽勝さ」

そういえば、サンソンスー先輩は海面も歩いて移動してたな。青魔法使いにとってみれば、海を歩くとか基本中の基本のはずなので問題などない。

黒魔法使いの俺も「泥炭《でいたん》地歩行」とかならできるけど、海は普通に沈む。基本的に暗くてじめじめしたところしか歩けないんだよな……。

「あら？　青魔法にも使い魔はいらっしゃいますの？　あまりいないイメージがありましたけれど」

セルリアの意識からするとサンソンスー先輩の言葉は例外的らしい。

「ボクも元々は使い魔は持っていなかったよ。でも、黒魔法使いでもあるからね。いい使い魔を手に入れたのさ。まっ、使い魔というか、対等なパートナーという感じだけどね」

無人島に行くというのを断る理由もないから、俺たちはもう一度海のほうに出た。

ぱんぱん、とサンソンスー先輩は手を叩く。

すると、海上から何かがやってきた。まさか、また島ザメか!?

でも、動きが島ザメとは違う。もっと、牧歌的な雰囲気《ふんいき》がただよっているのだ。

それは大きな、二十人ぐらいは余裕で乗れそうな亀だった。

「これまで見た中で確実に一番デカい亀だ……」

「かなりのスケールですわね……」

俺とセルリアは同じように驚いていた。

亀は首をぐいっとこっちに伸ばしてくる。たしかに亀の首ってかなり伸びるんだけど、元のサイズがサイズなので、けっこう怖い。

「毎度ご乗車ありがとうございます。この亀は、無人島のイワンヤ島行きです。走行中は危ないので、甲羅《こうら》にしがみつきください。運転は亀のン・ンダーロ・ンルドです」

なんか路線馬車みたいなことを亀が言い出したぞ……。

「はい、ボクの亀のン・ンダーロ・ンルドだよ」

むちゃくちゃ発音難しそうな名前だな！

「この亀はサンソンスーさんに自分の名前を正確に呼んでもらったことがきっかけで使い魔になることを決めたそうです」

社長が解説してくれた。たしかに相手の名前を呼ぶって、その相手を支配するという呪術的な意味があるけど……。

「じゃあ、みんな乗って。イワンヤ島はちょっとした浜もあるし、悪くないよ。プライベートビーチ代わりに使えるんじゃないかな」

ちなみに、乗りこむ前、セルリアが亀の頭を見て、下ネタ的なことを言ったけど、割愛《かつあい》する。

セルリアいわく、サキュバスとしてそういうところは見過ごすわけにはいかないらしい。サキュバスのプライドに関わることだとか。この世界にはいろんな種類のプライドがあるのだ。

こうして、俺たちは亀に乗って、先輩お勧めの無人島に行った。

道中というか海中、いくつか先輩に他愛無《たわい》い質問をした。

「先輩ってさわやかですよね。美しいと同時にイケメンぽさもあるっていうか」

「それ、多分、一人称が『ボク』だからそれで引っ張られているだけだと思うけどな。ボクの家は人形だらけだよ」

亀の使い魔が「あれ、呪術の練習用に増えたものですよね。無理して女子アピールしなくてもいいですよ」とツッコミを入れてきた。

「えっ……ひどいな……。でも、甘いものも好きだし……」

また亀が「だからって、食べるとしばらくなんでも甘く感じるカニをばりぼり食べるのは意味が変わってくるかと」とツッコミを入れる。

「あ～、なんかン・ンダーロ・ンルドがいるとやりづらいや……」

先輩はしょぼんとしてしまう。

「そろそろボクも婚期なんだけどな……。街コン行っても女子のほうが集まるんだよね……。それ、趣旨《しゅし》違うし、意味ないんだけど……」

なるほど、かっこいい女性にはそれはそれで悩みがあるのか。

「けど、美しくはあるんだから男だって見つかると思うんですけど」

先輩はワニ獣人というより、イルカっぽさがある。明るく健康的な乙女《おとめ》という感じだ。少なくとも黒魔法っぽさはない。あと、尻尾《しっぽ》ちょっと撫《な》でてみたい。

「そう思ってたんだけど、一人でやる仕事だからなかなか出会うきっかけがないんだよね。それで街コンに行ってみると、女子が集まってきて男の人は来づらい空気になったりとか……。まっ、いつものことだけどね」

また、亀が「新卒の方、よかったら結婚してみませんか」とさらっと変なことを言ってきた。

「いやいやいや、そんなこといきなり言われても……そりゃ、先輩は魅力的ですけど……」

と、そこにメアリが割って入ってきて、俺にひっついてきた。

「フランツはもうちょっと未婚でもいいんじゃない？　まだ十代だし、もっといろんな人生経験積んでからでも」

「うん……俺もそう思ってる……」

ちょっとメアリの声にトゲがあるのが気になるけど。

「なんとかして、フランツは自分に『千年前に国家滅亡を企《くわだ》てて処刑された伝説的な黒魔法使いの末裔《まつえい》』ぐらいの箔《はく》をつけてね。そしたら、わらわも結婚してもいいかな〜と思わなくもないかもしれないし……。ねっ？」

「箔か……。わかった、善処する……」

さすがに『名状しがたき悪夢の祖《そ》』に釣り合うような男になるのは無理がある気がするけど……。

「いやあ、社長、なんかいい人いないんですかね？　ボクも困っちゃってるんですが」

「そうですねえ、私としてはサンソンスーさんとフランツさんが結婚なさっても問題は感じないんですが、入社半年も経ってないのにそこまで思いきれないというお気持ちもわかりますしねえ」

社長もなんかサンソンスーさん側だ。これ、じわじわと濠《ほり》を埋められて、結婚みたいな流れになるんじゃ……。

「ダメだよ。まだわらわがキープしておくから」

ぎゅっと、またメアリが俺の体を圧迫する。

ひとまず、メアリに防波堤になっておいてもらおうか。

そうこうしているうちに亀は無事に無人島に到着した。

◇

その無人島はたしかに素晴らしかった。

背後には雰囲気のある大きな岩山がごつごつしている。後ろにはちょとした森みたいなのもあり、ヤシの木も生えている。そして、真ん前にはしっかりときれいな白い砂浜が広がっているのだ。

さらに奥を見ると、波間に岩がいくつも見え隠れして、これもまた絶景だ。

その岩礁《がんしょう》のおかげでみんな近づけないわけでもあるが、来てしまえばそれも絵になる。

「悪くないでしょ。たまに休憩する時は、ここに来てごろんと横になるんだよ」

サンソンスー先輩が言った。なんて贅沢《ぜいたく》な休憩なんだ。

「ねえ、サンソンスー先輩、ここは完全に無人？」

ファーフィスターニャ先輩が念を押している。

「そうだよ。気になるなら、ぐるっと一周してみたら？　たいした時間もかからずに探検できるし、それはそれで面白いから」

「いや、いい。じゃあ、これも外せる」

そう言いながら、ファーフィスターニャ先輩は服の胸の部分を取りにかかった。ああ、たしかに日が当たると金属部分が熱い――――って、マジか!?

「先輩、何してるんですか!?」

「誰もいないなら問題ない。これ、鬱陶《うっとう》しくなってくる」

「俺がいるでしょ！　俺が！」

「あっ、そうか。じゃあ、申し訳ないけど後輩君だけ、あの砂浜をふさいでる岩よりあっち側

の浜に行っててほしい。それなら陰になって見えないはず」

なにげにひどいことを言われているが、他人の視線がないんだから開放的になりたいという気持ちもわかる。

「ファーフィスターニャさん、ダメですよ。そういう時は私たちがあの岩よりあっちの砂浜に行けばいいんです」

「あ、そっか、社長。さすが」

先輩もそれで納得したらしい。

「すいませんね、フランツさん、少しあちらに行って、泳いでこようと思うのですが……よろしいですかね？　私もこれ、意外と窮屈《きゅうくつ》で……。フランツさんだけ一人にしちゃって申し訳ないんですが……」

「あっ、気にしないでください。もう、充分すぎるぐらい眼福《がんぷく》でしたし」

ほんと、リア充を爆発させる魔法でも唱えられそうなほどだ。

「じゃあ、ファーフィスターニャさん、あっちで泳ぎの練習をしましょう。犬かきなら私に任せてください」

「バタフライがいい」

「いいえ、犬かきのほうがかっこいいですよ」

ケルケル社長が多少無理のある犬かきアピールをしつつ、ファーフィスターニャ先輩を連れていってしまった。

「じゃあ、ボクもあっちで泳ごうかな。たまには裸も悪くないし」

「わらわも、この服、だんだん疲れてきたんだよね。わらわなら、フランツに見られても、い、いいけど……」

「あっ、皆さん、あっちで泳ぐんですのね。たしかに泳ぐにはこの服は向きませんわ。でも、ご主人様だけ一人というのも……」

ちらっとセルリアがこちらを見たので、ここは主人らしい態度をとろうと思った。

「女子だけのほうが楽しめることもあると思うし、行ってきたらいいって。俺は俺で長年気になってた無人島を満喫《まんきつ》したいし」

「わかりましたわ。ありがとうございます。でも、また戻ってきますから、その時は一緒に泳ぎましょうね！」

これ、俺が気をつかったって多分バレてるけど、まあ、それはそれでいいや。

俺以外、みんな岩の奥に行ってしまった。

「さて、一人で無人島を満喫するか。無人島らしいといえばらしいしな」

風に乗って声だけが聞こえてくる。

「セルリアさん、大きいですね」「社長こそいい形ですわ」「セルリア、うらやましい」「ふん、別に男は小さくてもちゃんとこっちを見てくるから問題ないんだよ」「みんな、準備運動をしてくださいね。ボクの動きにあわせてね。はい、まずはジャンプ」「ぷるぷるしてる。うらやましい」「ファーフィスターニャさんも、もっとジャンプして！」「セルリアがちぎれそうでちょっと怖いね……」「メアリさん、そんなことありませんわ」「オスだけど、ここにいていいワン？　使い魔だからいいワン？」

ゲルゲル、あとで爆発させる。

想像をかきたてるな、これ……。

なんか、ある意味、とんでもなく冒瀆《ぼうとく》的なことがあの岩の向こうで行われているわけで、極めて黒魔法的な夏休みと言えなくもない。

実際、黒魔法使いって、昔の伝説だと夜な夜な裸で踊ってるとか言われてたしな。

「さて、せっかくのプライベートビーチだし、泳ぐか――――って気になれない」

向こうの会話がとんでもなく気になる。その声を聞くほうが楽しい。

くそっ！　俺にあっち側を見るような魔法があれば！

いや、仮にあっても使わないけどな。それ、社内の信用ガタ落ちだ。

うん、世の中、そこまで甘くはない。欲望をそのまま形にしてたら、世界はカオスな状態になってしまう。ここは白魔法的な秩序《ちつじょ》が必要なんだ。我慢、我慢……。

「サンソンスーさんの太もも、とてもいい肉の付き方ですわ」「運動はしてたからね。でも、太ももは、もっとぽちゃぽちゃしてるほうが好きって男もいるらしいよ」「そんなに肉がついたことないなあ」「どっちかというと、おなかにつく」「毎朝ゲルゲルと走ってますから、かなり引き締まってますよー！　学生さんと間違えられるとうれしいですね」「鼻血が出たワン」

ゲルゲルはそのまま全身の血が抜けて死ね。

ダメだ、我慢するというのはきつい。それはそれで一種の苦痛だからな……。ここは声も聞こえてこないほうにいくか……。

その時、どくんと体に振動が来たような気がした。

──欲望に身を任せ、そのうえで、欲望を乗りこなすのだ。

なんだ？　頭の奥というか、体の奥からそんな声を聞いたような……。

──さあ、その力の扉を開け。お前なら力に食われることもないはず。

別にどこかにほかの男がいてしゃべってるわけじゃないようだ。音というよりは文字として体の中に流れてくるような感覚に近い。

そして、自分が使える魔法一覧の最後に、習得した記憶がないものが増えていた。

・心の眼

なんだ、これ……。よく「考えるな、感じろ、心の眼で見ろ」とか言われるけど、ああいうものか？

ほとんど無意識に俺はその魔法を使っていた。

足で砂浜に魔法陣を描きつつ、ぼそぼそと詠唱《えいしょう》も行っていく。

こんなのまったく知らない詠唱だぞ。いや、それにしては、なぜかなつかしさみたいなものがある。まったくの初耳というのとは違うような……。

そして、俺の視界にありえないはずのものが映った。

砂浜をへだてる岩の奥で、裸で泳いだり日なたぼっこしたりしているみんなの姿が！

「セルリア、そのサイズ、少し黒魔法で吸収したい」「ファーフィスターニャさん、それは無理ですわ。代わりに、大きくなるマッサージを教えましょうか」「ふ～、犬かきをしてから、ごろんと横になる、すっごく幸せですね」「わらわもいい気持ち～」

これは妄想なのか……？　違う……。本当に現実を見てるんだ……。

「心の眼」って、つまり、俺の「欲望の眼」ってことなのか！　たしかに欲望も心の一部だから、間違ってはない。

しかし、それは「心の眼」という黒魔法の解釈にすぎない。

どうして魔法を突然習得できたのか、その理由はまったく説明できない。

向こう側の世界（ぼかした表現にしたら、なんか壮大な感じになった）を見たいという強い意志だけで魔法を得た？　まさか。そこまで単純に魔法を覚えることはできないだろう。

けど、俺が魔法を手に入れたこと自体は事実だ。何か理由がある。

これは黒魔法に限らず、魔法全般の基本法則だけど——魔法には必ず因果《いんが》がある。

無から発生する魔法なんてものは絶対にない。

いったい、どういう因果があるんだ？

あの語りかけてくる声にヒントがあるのは間違いないと思うけど、もうその声もない。

しかし、この魔法ってどうやったら解除できるんだろう。そのうち、効果が切れるんだろうか。それまでずっとみんなの裸を見ているのか。

あまりいいことじゃないけど、止められないんだからしょうがないな。うん、しょうがない……。解除方法もわからないし……。

ふと、俺の視界の中におかしなものが現れた気がした。

みんなが裸で戯《たわむ》れてるずっと先の海。

岩礁《がんしょう》がごつごつしてボートですら近づけないエリアのさらに先。

何かが動いている。

本来、それは遠すぎて人間の視界では認識できないはずなんだろうけど、魔法のせいでなぜか知覚できるようになっていた。そこにズームするようなこともできる。

島ザメか？　たしかにそうだ。でも、それだけじゃない。

そのすぐ後ろにもう一匹……さらにもう一匹！

島ザメって群れになって攻撃してくるものだっけ？　そんなことはないはずだ。あいつらは大食いだから、交尾の時期以外は、成魚は個人プレーで生きている。

なにがしかの人為的なものを感じる。

よく見ると、その島ザメの近くで何かが浮かんでいる。

あれは人だ。そんなところに陸地などないから、あれは海の上に立っている。

だとしたら青魔法使いしかありえない。青魔法使いの男だ。

なぜか、その男がつぶやいた声まで聞こえてくる。

「くそっ、黒魔法の会社め。我が社の縄張りを荒らしやがって！　無人島なら証拠も残らずにぶっ殺せるだろ」

なるほど……この調子だと、ライトストーンに島ザメ来襲の危機があったのも、あいつの仕《し》業《わざ》だな。サンソンスー先輩の管轄《かんかつ》で大事件が起これば、当然先輩の責任になる。

もっとも、そんな考察は後回しだ。

本来なら、岩礁の多いこの無人島に島ザメがやってくることもない。

サンソンスー先輩もここに島ザメが来るなんて考えていないだろう。

だが、あの青魔法使いが島ザメを操っているなら、話は違う。

島ザメの周囲に水を使った防御魔法みたいなものが張られている。あれがクッションになって岩礁の中も無傷で突っ込んでいけるというわけだ。

のんびりしていれば、命取りになってしまいかねない！

俺は砂浜を蹴《け》った。みんなのほうに走っていく。

走っているうちに視界は元に戻っていた。一定時間が経つと切れる魔法らしい。

「みんなっ！　大変だっ！」

言うまでもなく、裸のみんながそこにいた。

すぐにファーフィスターニャ先輩が胸を隠したり、サンソンスー先輩が赤くなってたりしたけど、ほかはそんなに反応されなかった。

「フランツ、欲望に忠実に生きすぎだよ」

「フランツさん、少し素行に問題がありますねー」

「けだものなご主人様もいいですわ」

「違います！　島ザメ三匹が青魔法使いに率《ひき》いられてやってきてます！　すぐに対応を！」

俺は海のほうを指差して言った。

とはいえ、魔法を使ってない状態ではまだはっきり知覚できる距離じゃない。

「何もない。後輩君はウソつき。裸を見る言い訳じゃない？」

ファーフィスターニャ先輩がお尻を向けてしゃがみながら、疑惑の声を出した。

「本当ですって！　間違いなく来てますから！」

俺の言葉に何かがあると思ったサンソンスー先輩は海の中に入って、その水面で魔法陣をなぞりながら短い詠唱を行った。

「フランツ君の言うとおりですね。島ザメ三匹がやってきています。うちの会社に管理権を奪われた『ブルーシー青魔法海岸警備』の人間です。社員の質が悪いということで、我が社に仕事先を取られたんです」

「なるほど、じゃあ、逆恨《さかうら》みということですねえ。逆恨みなうえに、これはもう殺しにかかってますねえ」

のほほんとケルケル社長が言った。そんな場合じゃないんだけど。

「みんな、今ならまだ島ザメも入れない島の奥まで逃げられるはずだ！」

俺としてはまずみんなの安全を確保したい。

「その必要はありませんよう」

やっぱり、のほほんと社長が言う。

いや、必要はありますってと言おうとして、俺は口をつぐんだ。

社長の表情がとても怖いものになっていた。

こんな顔、入社してから、一度も見たことがなかった。

「私がぶっつぶします。会社にケンカを売ってきたというなら、その代価は支払ってもらわないといけませんから」

もう、社長は砂浜に足で魔法陣を描き出している。相当、複雑なものだ。

「サンソンスーさんは私のサポートをお願いします。ほかの方は後ろに下がっていてください」

ちょっと立ち尽くしかけた俺の腕を引っ張ったのはファーフィスターニャ先輩だった。

「大丈夫。何も怖くない。社長が負けるわけがない。絶対に大丈夫」

「わ、わかりました……」

長く勤めている先輩を信じるべきなんだろう。

その様子を見ていたメアリも首の後ろで手を組みながら、こっちにやってきた。

「別にわらわがぶっつぶしてもいいけど、ここは社長にお任せするのがいいよね。わらわも社員なわけだし」

「ですわね、さあ、ご主人様、後ろに行きましょう」

セルリアもそう言ってきた。

ぶっちゃけ、俺も不安はなくなっていた。ただ、あっけにとられていただけだ。

あと、非常事態でみんな忘れかけてるけど、俺以外、全員全裸なんだよな……。

海岸からちょっと後ろに下がれば、ごつごつした岩が点在しているので、俺たちは差し当たって、そこに隠れた。

「あのさ、ところで素朴《そぼく》な疑問なんだけど」

メアリが聞いてくる。そっちを向くと、全裸だから、できるだけ前を見るようにする。そっちでも社長とサンソンスー先輩のお尻は見えるけど、それぐらいなら許される、はず……。

「フランツはどうやって島ザメが来ることを知ったの？　海辺に住む地元民の知恵みたいなのがあるの？」

なるほど。それが気になるのは当然か。

「あのさ、今から言うこと、信じてもらえないかもしれないけど、間違いなく事実なんだ」

「わらわがフランツの言うこと、疑うわけないでしょ」

のろけたくなるようなことを言われた。俺も起こったありのままを伝えることにする。

「――というわけで、なんでかそんなことが見えるようになったんだ」

「……後輩君、つまり、みんなの裸見てた」

またファーフィスターニャ先輩にジト目で見られてしまった……。

「すいません……けど、その力を獲得した原因はわからないままなんです。俺もなんでこんなものを手にしたのか、さっぱりで……」

セルリアもメアリもすぐに理由を説明できないようだったから、やはり相当なレアケースだったらしい。

「原因はともかく、それで島ザメに気づけたことはよかったですわ。ほら、社長もサンソンスーさんもしっかり戦う姿勢になっていらっしゃいますし」

「フォローありがとう、セルリア。そうだな、まずは迫ってきてる危機をどうにかしないとな」

やがて、だんだんと肉眼でも島ザメが接近しているのがわかるようになってくる。

それに対峙《たいじ》するように二人が立っていた。

「さてと、『謎の事故死』をしてもらってもいいんですが、命ぐらいは助けてあげましょうか。となると、裸は見られないようにしておいたほうがいいでしょうかね。それと、フランツさんのことは大目に見ておきましょう」

社長が詠唱を行うと、握りこぶし大の二つの黒いものが島ザメのほうに飛んでいった。

それが青魔法使いの男の顔に直撃したようだ。

「な、なんだ！　見えねえ！　何も見えんぞ！」

男が叫ぶ。

「はい、闇で目を覆《おお》っておきました。あとは好きなだけやれますね」

「社長、島ザメのほうはどうします？　食べれなくはないんですけど、あまりおいしいものでもないんです。すぐに食べればそれなりにいけますが、足が早いので」

サンソンスー先輩が漁港の人みたいな発言をする。

「そうですね。生き物には罪はないということにしておきましょうか」

「承知いたしました！」

サンソンスー先輩は水面に魔法陣を描きながら、詠唱を行う。

すると島ザメの周囲の海に変化が起きた。

いきなり強いうねりが起こって、島ザメが直進することができなくなる。

まるで急カーブが連続してある道を馬車で強引に進んでいるようだった。

そのせいで島ザメ同士がぶつかったり、つかえたりしてスピードが落ちていく。

こうなると、そこまでの恐怖感もない。

「それと、ボクは黒魔法のほうでもそれなりに立派なんでね」

今度のサンソンスー先輩の魔法は俺でもよく知っているものだった。「生命吸収」だ。

先頭の島ザメから体力の光が抜けて、サンソンスー先輩の体に入っていく。

弱った島ザメにさらに後ろから島ザメが追突する。一種の仲間割れ状態になっている。

あっ、この調子だとサンソンスー先輩一人でも問題なさそうだな。

「くっ！　なんで見えないのだ！　島ザメもどうも遅くなっているようだし……」

青魔法使いの男は恐怖を感じながらもそのまま前にやってきていた。選択肢《し》としては最悪だ。

命知らずとしか言えない。

「では、下準備はこれぐらいにして、最後は社長が決めてしまってください」

「わかりました。たまには暴れないと面白くないですもんね」

社長の体がぼやけていって、ついには黒い霧のようなものになった。

えっ？　なんだ、この魔法……？

「フランツ、よく見ていたほうがいいよ。すごーく強力な魔法だから」

「社長、とてつもない。今日はいいものが見れてよかった」

メアリとファーフィスターニャ先輩がそう言うなら、じっくり見るしかない。

といっても、社長の肉体はもはや霧になってるわけだけど。

その霧は島ザメと青魔法使いの男の周辺に広がって、まるで夕立の雷雲でもやってきたみたいに一帯を黒くした。

そして、まさしく雷雲がゴロゴロ鳴るように、空全体の規模でこう語りだした。

「我々をあだなす不実なる者よ。その報いの鏃《やじり》を魂にまで刻みつけん。お前たちは永劫《えいごう》の時を苦しみ抜き、幾重にもねじれた体を元に戻そうとあがくであろう。ただ、ひとたびあがくごとにその苦しみは万倍になる。無力なることは哀れなれど、その非があることとなれば、いささかも憐憫《れんびん》の意を捧げることもなし」

重い、いかにも悪魔めいた声だけど、これは社長のものなんだろうな……。

俺の見間違いでなければ島ザメたちの顔にまで恐怖が宿り出した。

さらに、なんと島ザメたちが溺《おぼ》れはじめる。

「純粋なる恐怖の前では生き物の習性すらまともに機能しなくなるんだよ」

メアリが解説してくれる。

「ほら、敵の男はもっと悲惨《ひさん》だよ。見てみなよ」

その青魔法使いの男は絶叫していた。

何か意味のあることを叫んでいるようだけど、ほとんど聞き取れなかった。

どうもひたすら助けを求めているらしい。

「あれは『地獄の万力《まんりき》』という魔法ですわね。あの方は体感時間としてはすでに十年ぐらいは苦しんでると思いますわ」

「そ、それは地獄だな……」

「この責め苦から逃れたければ、お前の悪行をあらゆる場所にて告白することだ。一片でも残っていれば、また、この不快なる現象に苛《さいな》まれるだろう。よいか?」

「はいっ！　もう会社のやってた悪事、全部ゲロします！　町の参事会にも、業界団体にも、言えるところに全部言います！」

ああ、こういうことか。社長は個人的につぶすのではなく、もう会社に対して報復をしてるんだ……。

「うむ、わかった。それでは、すぐさま帰って、誓ったとおりにするがよい」

それで、ようやくその雷雲みたいな霧は晴れた。

敵の男は魂を抜かれたみたいに呆然《ぼうぜん》としていたけど、やがて、ふらふらと海を歩いて、町のほうに帰っていった。

そして、それに対応するように社長が元の犬耳少女の姿で島に戻っていた。

「会社が会社にケンカ売ったと解釈して、買わせていただきましたよ。まっ、問題のない経営をずっとしていれば告白する悪事もないから問題ないはずですけどねー」

なるほど。理屈の上ではそうだよな。そもそも、悪事を隠してることのほうが悪いんだもんな……。

「はい、皆さん、ケガはないですか？　といっても、あるわけないですよね」

ケルケル社長は、もういつもの、どこかほわほわしたやわらかい笑みになっている。

「皆さんは私の家族みたいなものですから。全力で守ります。それが社長の義務です」

社長の言葉は俺の心にも、みんなの心にも刺さった。

だから、俺はこの会社でやっていくんだ。

ただ、一言だけ注文をさせてもらうとすれば――

何か服着てから言ってほしかった。

その後、俺は（ちゃんと服を着た、といってもサキュバスの服だったけど）みんなにあらためて自分が「心の眼」という魔法を手に入れた経緯を話した。

でも、ケルケル社長すら、頭を左右に動かして思案している様子だった。

「う～ん、可能性はなくもないですよ。なくもないですけど、多分フランツさんは否定すると思います」

「いったい、どういうことですか？」

「つまり、実はフランツさんは過去にその魔法を習っていたという説です」

「あー、たしかに筋は通りますけど、それはないですよ……。だって、俺の親は黒魔法使いじゃないですから。魔法使いですらないんです」

親父《おやじ》は会計士で、母さんは古書店の娘で店員をしていた。親父が古書店に寄った時に知り合ったらしい。

なんと、わざわざ付き合いたい旨を親父は紙に書いて相手に渡したという。礼儀にはかなっているけど、かなり古風なやりとりだ。堅物親父の面目躍如《めんもくやくじょ》たるものがある。

「けれど、どこかでそういうものを習得しなきゃ、ただの人がいきなり使えるわけはないんですよ。おそらく私も使えないほど特殊な魔法です」

あれから先、謎の声も聞こえてこないしな。不具合はないから、いいとするか。

◇

俺たちはまた亀のン・ンダーロ・ンルドに乗ってライトストーンの海岸に戻った。

もう、日暮れも近くて、海水浴客も閑散《かんさん》としている。

社長とファーフィスターニャ先輩は、ここからライトストーンの宿に泊まる。なお、メアリとは同棲《どうせい》しているわけだし、社員寮が同じとでも言って親父にはなんとか納得してもらうことにした。

それと、サンソンスー先輩ともここでお別れだ。

「本日はありがとうございました、先輩！　あの無人島、はじめて上陸できました！　いい記念になりました！」

丁寧に頭を下げた。やっぱり、この会社、立派な人ばかりだと思う。

「いい記念になったというのは……裸の女子ばかりの絶景を見たということかな……」

照れながら、サンソンスー先輩が言った。

「違います！　まったくもってそういう意味じゃないです！」

「ふふふ、冗談だよ。ボクも骨のある後輩に出会えてよかった」

凛々《りり》しさより、かわいさが圧倒的に勝った笑み。

「君みたいな同僚が一人でもいたら、ボクも青魔法の会社を続けてたかもしれないのにな。でも、それだとここの会社のみんなと出会えないからダメか」

俺は先輩をものすごくかっこいいと思った。

きっと、こうやって先輩社員にあこがれて、スキルアップを目指すのがまっとうな会社のあり方なんだろうな。

先輩がことごとくやる気なくて、テキトーにやってればいいんだよってオーラを出してたら、それに従って同じように染まるか、反発して煙たがられるかしかないから、かなりつらい戦いになる。

爬虫類《はちゅうるい》っぽい尻尾《しっぽ》が、違う生き物みたいに動いている。これはプラスの感情を示す意味なんだろう。

「また、ご実家に戻る時があったら教えてよ。一緒にごはんでも食べよう」

「ありがとうございます！　あ～、でも、うちの親父が聞いたら美しい女性社員をナンパしてるって思われるかも……」

「ははは、おだててもダメだよ。ボクぐらいの人間ならいくらでもいるさ」

いや、街コンで女子が群がったのが事実だとしたら、かなりのものだぞ……。

「フランツ、わらわたちは着替えに海の家に行くからね」

メアリに声をかけられた。

たしかにメアリまでサキュバスの服で俺の家に来られると弁解しようがない。

「うん、こんなところに親父に見られたら困るか――」

「おっ、フランツ、フランツじゃないか！」

野太い声で俺の名前が呼ばれて、どきりとした。

俺の親父、コルタがそこに立っていた。どうも仕事帰りに海岸でもぶらついてたんだろうけど、まあ、それはこの際どうでもいい。

みんな、サキュバスの服を着ているところに来られた……。

親父の表情が変わったというか、表情が消えた。

「おい、フランツ、この女性たちはいったい何だ……？」

いくらなんでも社長も先輩もいるのに他人ですとは言えないし、セルリアもメアリも泊める予定なわけだし、うかつなウソは矛盾《むじゅん》を生んでしまう。

「俺の会社の同僚たち……」

親父の顔が赤くなって、「ふがーっ！！！！！！！」と声を立てた。

一分、ここに来るのが遅かったら、みんな着替えに行ってたのに……。

ここで怒鳴られると変な空気になるぞ！　せめて実家でキレてくれ！

「フランツ、お前、お前という奴は……な、なんと……」

「これにはまっとうな事情があるんだ！　俺の使い魔がサキュバスで、水着がないみんなに貸してただけだからな！　黒魔法業界じゃ使い魔がいるのは普通だし、俺はちゃんと働いてる！」

俺はやましいことは何もしてない（裸を見たりしたのは故意のものじゃないので無罪）。

社長が「お父様でいらっしゃいますか。フランツさんはよくやってくださっていますよ。黒魔法の素質もあるようです」とカバーに入ってくれた。ありがとうございます！　みんなの力で親父の噴火を止めてください！

「そうだね。フランツはいい男だよ。むしろ、軟派《なんぱ》な人間とは真逆かもね」

「後輩君は、基本的に真面目《まじめ》。人助けのためなら体を張る」

おっ、ここでメアリとファーフィスターニャ先輩も加勢に！　助かる！

しかし、かえって、親父の顔が赤くなっていく。

本当に噴火直前か？　女子のフォローじゃ逆効果なのか？


「フランツ、お前は、お前はお前はお前は――なんてうらやましい奴なんだ――――っっっ！」


親父が絶叫した。

それは心の放出と言ってよかった。

うん、うらやましいとか爆発しろとか言われてもしょうがないこともあった。

「いや……おかしいだろ！　親父、どうしたんだよ！　なんでうらやましいとか言ったんだよ！　そんなキャラじゃないだろ！」

もっと親父は堅物《かたぶつ》だったはずだぞ！　俺は親父に詰め寄る。

「もしや、魔法使いに心を操られたのか!?　そうなのか!?」

「違うぞ、フランツ、父さんは父さんは父さんは――――ただのムッツリだったんだ――――っっっ！」

親父、せめて息子には尊敬できる存在のままであってくれよ……。

◇

その後、軽く問いただしたところ――

ムッツリだった親父は引くに引けなくなって、硬派《こうは》キャラで通すことにしたという。

「ほら、通っていた学校の生徒たちがコルタは硬派な奴だとかよく言っていてな。いつのまにか、自分でもそういう性格として振る舞うのが楽になっていった。それにコルタってなんか硬そうな名前だろ？」

ああ、他人に規定された人格に自分もなっていくということか。

そんな人生の悲哀が親に起きてたのか……。

「本当は女にひょいひょい声をかける男をうらやましく思っていたんだがヘタレのため、そんなことはできず、しょうがないので、硬派だからそんなことはしないという設定にした」

「もうやめてくれ！　息子の俺の体力が尽きる！　これ以上、幻滅させないでくれ！」

「フランツ、ワシも男だ。仕方ないんだ。これが男の限界というものだ。お前のあまりのうらやましさに本音が出てしまったのだ。魂の叫びを誰にも止めることはできん！」

かっこ悪すぎて、かえって新境地に到達している気すらする。

それから、親父が女子を全員、強引に我が家に泊めようとしたが、俺が割って入った。

「宿も当日だとキャンセル料がどうせかかるし、ここは素直に宿に泊まってもらおうな！　ていうか、母さんに殺されるぞ！」

「フランツよ、この皆さんなら、母さんに殺されるだけの価値はある！」

「そんなところで男らしさを発揮してどうするんだよ！」

なんで、人生に一片の悔《く》いもないような顔して語るんだ！

「あのな、ワシは会計士だが、男の情熱だけは割り切れんのだ！」

「もう、一言も発言しないでくれ！　頼むから！」

結局、当初の予定どおり、セルリアとメアリだけを家に呼ぶことにした。

親父の態度がひどいので、逆に二人もお金出して宿に泊まってもらおうかと思ったけど、二人に実家を見てもらういい機会なので、そこは妥協《だきょう》する。

帰路、親父が「ワシも黒魔法使いを目指すべきだったか」とかしょうもないことを言っていた。

こんな釈然としない帰省《きせい》は人生初だ……。

ケルケル

ネクログラント黒魔法社の社長をやっているケルベロス。
本体は犬の姿だが、生活に便利なので基本的にずっと
人の体をとっている。五世紀の人生の中で仕事上も過去に
相当いろいろあったらしく、今では大変な人格者。

ケルケルみみ
聴力も一般人よりかなり優秀。社員のひそひそ話も聞ける。
ケルケルはな
ケルベロスなので、とてもいい。むしろよすぎるので匂いの強い香水は苦手。
ケルケルて
社長ゆえに事務作業が多いので、手はきれい。
ケルケルおなか
おなかを撫でると犬的にうれしいらしいが、撫でる勇気のある人間がいない。
ケルケルしっぽ
機嫌がいい時はしっぽも左右に動くことが多い。

第五話

フランツの祖先とデフレの呪い

そして実家に着いたら着いたで、出迎えに出てきていた母さんのミルキに泣いて喜ばれた。

それはそれで謎の反応だった。

「フランツにこんな女の子が……。地元だと女の子の友達すらいなかったのに……。一人息子だから、結婚できるのかなとか不安だったのに……。これなら、なんとかなりそうだわ……。孫ができるわ……。子孫を残せるわ……」

「それ、セクハラに近い発言だからやめろ！　あんたら、息子に恥《はじ》をかかせるのそれぐらいにしてくれ！」

険悪な空気にならなかったのはよかったとはいえ、こういうのも困るぞ。

その日は母さんがそれなりに気合いの入った料理を二人にも振る舞ってくれた。

「へえ、大きなエビですわね」

「この貝も名前はわからないけど、なかなかの美味だね」

ライトストーンは海がすぐそばなので、海産物は新鮮でレベルも高い。

「最近、なんでも安いのよ。いいものも簡単に手に入るの。お値打ちよ、お値打ち」

母さんが主婦らしいことを言った。

「その分、給料が下がっている職も多いみたいだがな。失業者も増えている気がする。不景気ってことだ」

親父《おやじ》が本職らしいことを言って、ため息をつく。そういえば、地元の商店街もさびれてたんだよな。不景気の影響だろうか。

「なあ、親父、それってこの土地で増税があったからか？」

「だな。領主様の改革伯は福祉《ふくし》と教育に力を入れている。それで財源捻出《ねんしゅつ》のために税金を大幅に上げたわけだ。食べ物や日用品の税まで上がっている」

改革伯というのは、この地域を治める領主の愛称だ。ライトストーンを含む自分の領地を大きく改革すると、親の跡を継いで以降ずっと言っていた。

代替わり当初は、その熱意が領民にも評価されて、改革伯などとも呼ばれてるんだけど、そんな人が不景気を起こしてるというのも皮肉な話だな。

「でも、保育施設が拡充されて、子供を育てやすくなったという話も聞くし、医者にかかる費用も安くなってるし、評価の声も上がってるのよね。市場に行くと、そんな声も聞くの」

なるほど……。政策っていうのは一筋縄《ひとすじなわ》じゃいかないものだな。

「まあまあ、フランツも母さんも、お客さんがいるのに、こんな政治の話はつまらないだろう。な、な？」

「それもそうだな。セルリアにもメアリにも関係ない話だし」

「よし、みんな、食後はみんなで王様ゲームをしたりするというのはどうだろう？」

親父、目的はそっちかよ！

「フランツ、夫を生贄《いけにえ》に捧げる黒魔法とかってないのかしら？」

母さん、気持ちはわかるけど、それ、明確な犯罪です。

その日は海に行った疲れもあり、与えられた部屋でそれぞれ眠りについた。無論、俺は二人とは別室だ。

◇

そして、翌朝。

俺はセルリアとメアリの二人を連れて、ライトストーンの市街地に出ていた。

親父がぜひともセルリアを案内するとか息まいていたが、母さんに止めさせた。もはや、セルリアに鼻の下伸ばすの、隠す気すらないな……。

「やっぱ、閉じてる店が多いね。全然活気がないや」

メアリが遠慮《えんりょ》なく言ってくるけど、俺も認めるしかないぐらい、ひっそりしていた。

「俺が王都の学校に行く前はここまでじゃなかったんだけど。ちょうど、改革伯の代になった直後ぐらいに俺が出ていったんだよな」

その間、ライトストーンがよくなったという人と、悪くなったという人がいるというのは聞いていた。

けど、たいてい新しいことには反対派も出るので、そういうものだと思っていた。

しかし、こうも閉めてる店が多いとは……。

「ですが、ライトストーンから人がいなくなったわけでなければ、皆さん、どこかで買い物はされてらっしゃるはずですわよね？　いったい、どこで？」

市場のほうに行ったら、そこはちゃんと営業していた。

しかも、どの商品も安い。はっきり言って王都より全部、三割は安いんじゃないか。

「食料品も安価ですわね。これなら生活も助かりますわ」

セルリアは野菜の値段を見て、楽しそうに言った。セルリアは主婦っぽいところがある。

「売ってるほうはかつかつだけどね」

中年店主のおじさんがかすれた声でため息をついた。

「こんな値段にしないと、誰も買わないんだよ。増税してから先、みんな財布《さいふ》の紐《ひも》がきつくなりすぎてさ。まだ市場は出店費用が安いからやれてるけど、店舗《てんぽ》を通りに持ってた店は家賃が払えなくて軒並《のきな》み閉めちゃったね。もともと儲《もう》かってたわけでもないしね」

増税のダメージはかなり大きいみたいだな。

そういえば、「商品は税抜き表示です」と書いてる店が多い気がする。そうやって、少しでも安く見せてるのか。

と、市場の外にやけに豪華な馬車が止まった。

護衛の兵みたいなのもついているから要人なのは間違いない。

描かれてある紋章から、それが改革伯の馬車だとわかった。

「そういや、今日は改革伯の視察の日なんだよ」と店主が言った。その態度からして、改革伯を支持する立場じゃないらしい。

改革伯とおぼしき壮年の男が出てきた。自然と、そこに人が集まってくる。改革伯のところに直接何か言いにいこうとする人もけっこういた。

俺たちは遠目でその様子を見ていた。

「学校の費用が安くなって助かっています！」

「製品が売れなくて、これ以上、社員を雇えません……」

「おかげさまで、この歳になっても安心して医者に通えます」

「職がありません……。どうにかしてください……」

ざっと見ていても、賛否両論といった感じだった。

間違いないのは、俺が出ていった数年で地元が激変してるってことだ。

「みんなの意見はよくわかった！」

ひととおり民衆から話を聞いた改革伯が声を上げた。

「これが痛みを伴《ともな》う改革だとは、やる前から覚悟はしていた。今は苦しい時期であるとは思う！　だが、誰もが安心して暮らせ、持続的に発展する町を作るためにはこの税は必要なのだ！　もう少し待ってくれれば、必ず軌道に乗る！　買い控えも終わる！」

そう改革伯は主張していた。それで民衆全員が納得したかはわからないが、改革伯のほうもそれ以外のことは今は言えないだろう。

「政治というのは大変ですわね」

セルリアは頬《ほお》に手を当てながら、つぶやいた。俺としても正しいとか誤りだとか言えない。そもそも、今はライトストーンに住んですらいないし。

「買いたいものもないし、おうちに戻ろっか」

メアリに腕を引かれてしまった。たしかに観光する空気でもないな。次はもうちょっと遠出しよう。

「むしろ、わらわフランツのおうちのほうに興味があるし。フランツの部屋のベッドの下に、えっちな本とかあるの～？」

メアリがいたずらっぽく言った。

「ね、ねえよ！」

正確に言うと、王都に引っ越す時に持っていっている。あまり使えないものは処分した。

これは、家探《やさが》しする気満々だな……。

◇

メアリの家探しは犯人宅の家宅捜索かよというほどに徹底していたけど、俺の部屋からはやましいものは何も出なかった。

「ご主人様はとても真面目《まじめ》な方だったんですわね」

「どうせ、学校の寮に引っ越す時に持っていったり、処分したんだと思うけどね」

ぎくっ。ばれている……。

「でも、この家、まだまだ広いし、見るところはあるよね？」

メアリの探検はしばらく続きそうだ。でも、にぎわってない地方都市を見るより、同棲《どうせい》してる人間の実家を見るほうが楽しいわな。

「わかった。包み隠さず、案内してやる」

そして、母屋《おもや》をまず説明した後に、かつて馬を飼っていた名残《なごり》がある厩舎《きゆうしや》を見せ、ちょっとした菜園を見せ、それで最後に残ったのが——

「こっちが家の納屋《なや》。実質、この家で一番古いな。もしかしたら文化財クラスかもしれない。まあ、扱いは物置だけど」

俺は別棟になっている巨大な建物を紹介した。王都の学生寮よりも大きいかも。

かなり古い時代の石の建築は緻密《ちみつ》に造られており、きれいに残っている。

「へえ、ご主人様もいい出自《しゅつじ》だったんですわね」

お嬢様のセルリアと大金持ちのメアリからしたら、たかが知れてるけどな。

「歴史があることだけは確かだと思う。でも、貴族階級とかそういうのじゃ全然ないぞ」

「でも、市民階級っていっても、上のほうだと市参事会の議員になれたりするでしょ？」

メアリ、そのへん詳しいな。見た目の年齢で騙《だま》されてはいけない。

「それは三百年くらい昔の、身分制度がもっと厳格だった時代の話な。あと、議員になれたりするのって権利というより義務なんだよ。議員って無給だったから。立場のある奴が都市のために尽くせって意味でもあったから。もちろん名誉でもあるけど、そういう義務が重荷になって没落した市民もいる」

俺の家も、少なくとも町の中心に大きな屋敷を構えるようなことは、かなり前の代からすでにできなくなって、細々と生活を続けたらしい。

「それにしても、そこそこ裕福でよかったね」

メアリは扉を開けようとしていた。カギはかかってたけど、メアリの力だとカギごとぶっ壊しかねないので、あわててカギを渡す。

「入ってもいいけど、ガラクタしかないと思うぞ」

「そういうガラクタの中にお宝がまぎれてるかもしれないじゃん」

そんないいものなんてないと思ったけど、気のすむまでやらせるか。

中は想像どおり、ホコリ臭《くさ》かった。

「これは、放置されているといった感じですわね」

口を押えながらセルリアが言った。

「うん、とくに奥は下手《へた》すると百年以上ほったらかしかな」

「それって、すごいお宝もあるかもね！」

メアリはテンションがかえって上がっていた。こういうところは見た目のとおり、子供っぽいな。

メアリはどんどん奥へと突き進んでいく。空中に浮けるので、一気に距離を稼《かせ》げるのだ。

「これ、すごく厳重に封印されてるよ！」

「待ってくれ。そこまですぐには行けないから……」

セルリアに抱えられて、蔵の中でも特に薄暗いところにいくと、十以上の錠《じょう》をされた扉付きの書棚《しょだな》があった。

「これは何かあるよ。ねえ、開けていい？」

「好きにやってくれ。どうせ、親父も開けたことないんだろうし」

すぐにメアリは錠をはずした。はずしたというか物理的な力で壊した。

書棚の扉はぎいぃぃーと不愉快な音を立てて、開いた。

そこには、年代物の古い紙の束が入っていた。

「古文書《こもんじょ》って次元のものだな……。博物館とかに持っていったら価値があるかも」

「ご主人様の一族の過去についての大切なものですから、売ったりしてはいけませんわ」

「一族っていってもしがない一市民だって」

セルリアは俺のことを大物視しすぎだと思う。黒魔法が得意だったのも含めて、運なわけだし。

とはいえ、破れたりしたらまずいので、紙は慎重に扱う。

「ううむ、読めない……。古文書だもんな。古文書実習の授業もあったのにな……」

魔法の詠唱《えいしょう》には古語を使うことも多いので、古文書実習の授業も学校では行われていた。もっとも、ああいうのって習った直後は読めるけど、読まないうちにだんだん使えなくなる。古語といっても年代によって全然違ってくるし……。

俺の両側からセルリアとメアリも顔を突っ込んでくる。人間の古語は魔族でも読めないんじゃないか。

俺はもうちょっと慎重に内容を確認していく。

「よく見ると、これは文字からして別ものっぽいな。いくら大昔でも文字の種類まで激変してるなんてことはないはず……」

まったく異国の言葉だとしたら、内容の見当もつかない。

そこに、さらにメアリが顔を近づけてくる。

「満月の日、吾輩《わがはい》はこれを記す——と書いてあるね。その次の行は、長年望んでいたことがついにかなう、最高の気分だ——だって。ちなみに冒頭の暦《こよみ》、千年は前のものだね」

「えっ、メアリ、これも読めるのか⁉」

セルリアも「すごいですわ！　さすが偉大な魔族ですわ！」と褒《ほ》めていたから、セルリアにもまったくわからない次元なんだろう。

「これ、魔族語を別の形に置き換えて、さらに普通と逆方向に書いてる。だから、そのルールをわかったうえで魔族語が読めないとわかりっこないよ。まっ、わらわの実力なら、どうってことないよ！　褒めて、褒めて！」

さあ、撫《な》でろといわんばかりの態度だったので、メアリの頭をなでなでする。これはほんとにすごい。

「実は昔、お兄ちゃんがこんな方法で日記書いてたことがあったんだよね～」

「じゃあ、もしかして以前はよくあるやり方だったのかな」

撫でられて、すごくうれしそうな顔をしているメアリ。

なんか、昔からこんな妹が本当にいたような気さえしてくる。

「じゃあ、この続きも読むよ。これで忌《い》まわしき国を滅ぼすことができる。五度も吾輩を国家試験に落とすとは。このような屈辱《くつじょく》を受けた以上、滅ぼすしかない——だって」

「俺の先祖、バカだったんだな……」

たしかにそんな恥ずかしい内容だったら読めないように書くかもしれない。

けど、その先には不思議なことが記してあった。

「恨みを晴らすため、吾輩は有史以来最高の黒魔法使いになったはずである。ついにあの悪魔を呼び出せるぞ。これで国は滅ぶ。すべてが完璧《かんぺき》だ――と書いてあるけど、フランツの先祖、黒魔法使いなんじゃないの？」

「えええっ？　そんなの初耳も初耳だぞ！　でも……先祖の一人が黒魔法やってるぐらいは奇跡でもなんでもないか」

千年前ともなれば、ほぼ完全に他人みたいなものだ。そのうちの一人が黒魔法を使う程度のことはあってもおかしくないだろう。

「しかし、国家滅亡を計画しているとなると、これはとんでもない資料ですわ」

セルリアは真剣な顔で言ってるけど、俺のほうはもう少し舐《な》めている。

「う～ん、誇大妄想にひたってただけなんじゃ……。国家試験落ちまくってるし」

「まだ続きがあるよ。『闇より黒き冥界《めいかい》の鳩《はと》』を呼び出した。よし、決まった！　これで国なんてひとひねり――だって。あれ……あれれ……あれれれれれ……」

メアリが資料に思いきり顔を近づけた。

様子がおかしい。そんな変な内容が書いてあっただろうか？

「これ、お兄ちゃんの名前なんだけど……。フランツの先祖がお兄ちゃん呼び出したの?」

「えええええっ！　そんなバカな！」

「わらわも何かの間違いかなと思ったんだけど、『闇より黒き冥界の鳩』と書いてあるし、しかもその先に容姿の記述もあるんだけど、お兄ちゃんとしか思えないんだよね……」

衝撃の事実だった。

メアリがあっさり読み方を見破ったのも、これでわかった。

先祖が先かメアリの兄が先かわからないけど、記述方法を真似《まね》たんだろう。

「ちなみに、フランツの先祖が言うには、雰囲気《ふんいき》が二人とも似てて意気投合《いきとうごう》したらしいよ。親友になれそうとも書いてある。先祖の子供もお兄ちゃんがあやしたりしたらしい」

俺は落ち着いて聞いていられなかったが、セルリアはまだ冷静だった。

「ですが、メアリさんのお兄様なんて方を呼び出したら、その国は滅んじゃったのではありませんこと?　千年前なら今とは違う国だと思いますが……」

「そうだよな……。ってことは、何か失敗するような内容があったのか……?」

「ちょっと、読み込む必要があるね。わらわも、これは気になる」

そして別な意味で衝撃的な内容が続いた。

「吾輩は国を滅ぼしたあかつきには、今の妻と離婚し、愛する妹と結婚するのだ、そう法を改正するのだ――と書いてあるね……」

「俺の先祖、シスコンかよ！」

もし、ここに先祖がいたらぶん殴《なぐ》っていただろう……。

普通には読めないような細工《さいく》をしていることだけは評価してやろう。

「国家試験の面接で、好きなものは何かと聞かれたので妹と答えたらみんなドン引きしおった、許せん。自分に正直になっただけなのに！　――ってあるけど、試験に落ちた理由、これなんじゃない……？」

先祖！　そこは無難に答えろよ！

本音でも性癖《せいへき》を語ったらだいたい落ちるだろ！

「だが、『闇より黒き冥界の鴆』は異を唱えてきた。妹と結ばれることは許されることではないと言うのだ。それと、妻と子供を大事にしろと説教してきた」

「メアリのお兄ちゃん、ものすごくまっとう！」

結婚して子供もいるのに妹大好きって、あまりにもゆがんでるぞ……。

「吾輩は、お前それでも魔族か、道徳に背けと言った。だが、聞き入れてもらえなかった。ふん、お前は妹がかわいくないから、そういうことが言えるのだろう。たとえば親のいない人間は親殺しという大逆を行うことはありえない――なんか、わらわがディスられてる……」

俺の先祖が失礼なことを言っていた。末裔《まつえい》を代表して謝罪します。

「『闇より黒き冥界の鴆』が言った、自分の妹も超かわいい。仕草一つ一つがかわいい。とくに靴下《くつした》をはくところがかわいい」

この兄も、フェティシズムおかしいだろ……。

「しかし、かわいくても情欲を抱かないように必死に足掻《あが》いている、お前もそのようにしろ
──だって。お兄ちゃん、かわいいって言ってくれてる！　うれしー！」

「その一点においては、メアリのお兄さん、しっかりしてるな。自制心がある」

でも、これでメアリのお兄さんがメアリから離れた理由が決定的になったな……。

妹に好きって言われても、我慢して、ついには離れて暮らすことにしたんだ……。

「吾輩は思った。とても、魔族の言うことではない。そこで妹をものにしてこその魔族ではないのか──なんか、このあたりから仲悪くなってるみたいだね」

「まさか、妹に関する価値観が仲たがいの原因だなんて……」

そして、その対立は行くところまで行って、ついにメアリ兄は魔界へ帰ってしまったらしい。

「吾輩とあの魔族はすべてにおいてよく似ていたが、妹に関する認識だけが異なっていた。残念なことだ──だって」

「先祖がとんでもない奴だということはわかった」

「このあと、フランツの先祖がしばらく妹を讃《たた》えるポエムみたいなのが続くから、そこは省略するね」

うん、どんどん省略してくれ……。

その先の展開は、ある程度予測がついた。

俺の先祖は結局、国家を滅ぼそうとしていたことが知られて、あまたの魔法使いたちの協力により、ついに捕縛《ほばく》され、処刑されたようだ。ピンチになっている過程も記録されていたので、想像がつく。大魔法使いではあったらしい。

捕まる直前とおぼしき殴り書きみたいなもので、資料は終わっていた。

「だが、吾輩はこの記録を子供に託した。いつか吾輩の末裔がこの世界を闇で覆《おお》い尽くすであろう、吾輩は末裔すべての中に宿っておるのだから――おしまい」

「そっか……。ツッコミ入れるところが多すぎて大変だった」

この資料が厳重に隠されていた理由もわかった。超危険人物の一族だったのか。

「いやあ、過去にとんでもない奴がいたんだな。しかもメアリの兄とつながりまであったなんて」

俺としては、それで話はすんだ気になっていた。

しかし、メアリはまじまじと俺のほうを見つめている。

「こんな奇跡みたいなことがあったんだね……わらわ、これは運命だと思うよ……」

「そうだな。まさか俺の先祖がメアリの兄を召喚しただなんて――」

「いや、それもあるけど、それだけじゃないよ」

ほかにどこに驚くところがあるんだろう。先祖がシスコンなところだろうか。

少なくとも、俺には妹がいないからシスコンでは絶対にないぞ。

「ほら、わらわ、以前フランツに『千年前に国家滅亡を企《くわだ》てて処刑された伝説的な黒魔法使いの末裔』って設定にしといてってお願いしたよね」

「ああ、新人の俺に召喚されたって知られたら、メアリの格が落ちたように思われるもんな」

召喚当初、入社して間もない俺に呼び出されたことに、メアリは少なからぬショックを覚えていた。

「フランツ、わずかなズレもなく『千年前に国家滅亡を企てて処刑された伝説的な黒魔法使いの末裔』だったんだね……」

「あっ、ほんとだ！　すごい偶然！」

俺の一族に魔法使いなんていないと思ってたけど、かつては大物がいたんだ。

「偶然なんかじゃないよ。運命なんだよ！　わらわとフランツは出会う運命だったんだよ！」

すごくうれしそうにメアリは俺に抱きついてきた。

たしかに、こんなところで奇跡を感じられたなら、もうそれは運命と呼んでもいいかもしれない。

「素晴らしいですわ！　愛は二人を結びつけるのですわね！　愛より強固なものはありませんわ！」

俺たちの横で、セルリアが感動しているのか、ハンカチで目元をぬぐっていた。

セルリアは恋愛ネタに関するものを見ると楽しくなるらしい。

「愛かどうかはわからないけどね……。ほら、運命にもいろいろあるし……」

メアリは言葉で直接言われると、そこそこ照れるところがある。

その時、もう一つ、運命としか思えないようなことが起きた。

――そうだ、お前には欲望を乗りこなすだけの素質があるのだ。吾輩の血を引くのだからな。吾輩はほんの一部、お前の中におる。吾輩は末裔たちの中に遍在《へんざい》しておるのだ。

その声はたしかに聞こえた。

無人島で聞こえたあの声は（シスコンの）ご先祖様のものだったのか！

実家に戻ってきたら、いろんな謎が解けた。俺が妙に黒魔法に素質があったのも、ご先祖様の影響が少なからずあるはずだ。

自分の家でも、調べてみるもんだな。

「でも、ちょっと気になることがあるんだよね」

メアリがもう一度、資料をぱらぱらめくり出した。

「このフランツのシスコン先祖、お兄ちゃんを召喚したまではいいんだけど、そのお兄ちゃんを使って、とくに破壊活動をしてる感じもしないんだよ。王都を滅ぼしに行くなんて記述もとくにないし」

なるほど。何を具体的に企てたかわからないということか。

「それは超極秘の作戦だから、そこに書いてないだけなんじゃないか。見つかったら、ただじゃすまないことだし、記録に残さない気もする」

「でも、それにしては妹への偏愛ぶりまで書いてるよ？　これも見つかったら、つらくない？」

「それは………知られてもいいと割り切ってるぐらいにシスコンだとか……？」

「せっかくだし、この資料、もうちょっと読んでみるよ。ポエム部分も読んでみたいし」

千年前の先祖は他人とはいえ、先祖のダメダメな部分を見られるみたいで、ちょっときつい。

◇

探検が終わってからはセルリアとメアリには家でくつろいでもらった。

俺もその日は家から出なかった。帰省《きせい》とはこんなふうにごろごろするものだ。

ちなみにセルリアは母さんのミルキから料理を習っていた。

「ほら、セルリアちゃん、こうやって小麦粉の皮に包んで、油で揚《あ》げるのよ」

「あっ、なるほど！　これはおいしそうですわね！」

「ふふふ、セルリアちゃん、筋がいいわ～」

「頑張って、家庭の味を習得いたしますわ！」

「あらあら～。いつでもできちゃった結婚してくれていいのよ。孫になら何千回おばあちゃんって呼ばれても許せる自信あるし」

もう、完璧《かんぺき》に嫁として迎える準備してるな……。

ちなみに親父《おやじ》は、セルリアをじろじろ見るなと母さんに怒られて、買い物に行くことを命じられていた。親父の威厳が下げ止まらないのだが。

一方、メアリはずっとテーブルであの先祖の資料を読みあさっていた。

「そんなに熱心に読んで面白いものか？」

「こういう古い記録を読むと、その人の人となりがわかってくるんだよ」

「そういや、俺も授業で古代の魔法使いの日記読まされたっけな」

「ちなみに、今のところ、妹が好きでたまらないということしか伝わってこないよ」

「それだったらしっかり読み込む前から確定的に明らかだから！」

なお、このことは親父も母さんもまったくの初耳だったらしい。家系図でもそんな人間はいないことになっているし、俺の一族は黒魔法使いがいたという記録をなかったことにしたのだ。

でも、わずかでも自分や先祖が生きてきた証《あかし》を残したいという気持ちもあったんだろう。それで、末裔の誰かが厳重に封印して置いておくという手をとって、そのままになっていたんだ。

「でも、泣けるポエムもあるんだよ。ちょっとその部分、朗読してみよっか」

「……うん、好きにしてくれ」

やっぱりポエムとか作ると、将来誰に発見されてネタにされるかわかったもんじゃないな。気をつけよう。

「嗚呼《ああ》、愛《いと》しの女神よ　矮小《わいしょう》なこの身を照らす闇より生まれた光よ
蛇のようにこの身に絡みついて　締め上げてくれ
そのあかつきには蛇と人と混ざり合った何かが作り出されるだろう
どこまでも　どこまでも　終わらない夜の螺旋《らせん》を生み出そう——以上」

さすが黒魔法使いのポエムというか、かなりえげつない内容だった。

「比喩《ひゆ》表現が多いけど、直接的に書くと、ひどいことを言っているんだろうな」

「いいポエムですわね……。地獄の果てでは報われてほしいですわ……」

セルリアは台所のほうで涙ぐんでいた。

「いや、泣ける部分あったかな……？」

「ただいま、タマネギを切っているところですわ……」

そのせいか……。

ちなみに、ライトストーンの近くの島にはタマネギの産地として有名なところがあり、このあたりでも質のいいタマネギが入手できる。

しかし、その直後、不思議なことが起こった。

その古い資料の周囲だけが黒い靄《もや》のようなもので包まれたのだ。

それと同時に俺の体も発光して、しかもやけに熱くなった。

「なんだ、なんだ？　どうなってるんだ？」

「あれれ？　フランツ、魔法が発動してるみたいだけど……？　わらわは何もしてないよ!?」

メアリがきょとんとしている。

少なくとも、メアリ本人に魔法を使った自覚はないらしい。だったら、これは何だ？

「メアリさん、そのポエムってもしかして、呪文としての機能を持っていたのではありませんこと？」

セルリアが鋭い指摘を加えた。

たしかに魔法の中には魔法陣の作成なしで詠唱《えいしょう》だけで行えるものもある。しかも、上級魔族のメアリが詠唱すれば発動してしまう可能性はある！

「そして、ご先祖の血を引くご主人様の体が媒介《ばいかい》になって効果を持つものかもしれませんわ！」

「おいおい！　大丈夫か？　国を滅ぼす意図まで持ってた黒魔法使いなんだろ？　それと、俺の体も大丈夫なのか……？」

この体が破裂して、致命的な疫病《えきびょう》が流行《はや》るとか、そんなものだったらどうしよう……。

しかし、靄のようなものは数秒ですぐに消えていった。

同時に体の発光と発熱も消えた。

「ご主人様、おかしな部分はありませんか……？」

「ありがと、セルリア。別に痛みもないし、感覚も普通だ」

「一般的な黒魔法用の詠唱からはかけ離れてるし、人が死ぬとか呪われるってことはないと思うよ。けど、なんだったんだろう……」

ひとまず、俺が爆発したわけでも、母さんが倒れたわけでもないし、目に見える危険な効果はないようだ。

けど、こんなのを見せたら、母さんは黒魔法に嫌悪感や恐怖を覚えるんじゃないだろうか……。

「今のが黒魔法なの？　あら、ちょっとかっこいいわねー」

必要以上に怯《おび》えられても困るけど、のんびりしすぎじゃないか、母さん！

「じゃあ、わらわの『生命吸収』喰らってみる？」

「命にかかわるから絶対にやめろ！」

そのあと、詠唱の発音からメアリに丁寧に分析《ぶんせき》してもらったが、やはり、人に明確な危害を加えるような要素はまったくないということだった。

さらに念を入れて、近所を散歩してみたけど、パニックも起きていない。何もないと考えていいだろう。俺自身も体力がどんどん落ちるなんてこともなかった。

そして、夕方。

買い物に行っていた親父が帰ってきた。

それはいいんだけど、荷物の量が尋常《じんじょう》じゃなかった。両手はパンパンになった袋でふさがっているし、背中にはリュックまで背負われている。

「いやー、買った、買った。ちょっと買いすぎたぐらいだな」

「あなた、いくらおもてなしをするからって、何十人分用意するつもりなの？」

家の財布《さいふ》を握ってる母さんがむっとしていた。どう見ても、予算をはるかにオーバーしている。

「そう言われると思って、証拠を持ってきた。この領収書を見てくれ。まとめ買いしたことを感謝されるはずだ」

領収書を渡された母さんの目の色が変わった。

「安いっ！　キャベツもお豆もお肉もお魚も全部全部安いわ！　もしかしたら前に買いだめした時より銅貨五枚は安いんじゃないかしら！」

「俺も信じられないよ。でも、これは買うしかないと思って、並んででも買ったんだ」

あまりにも値段が安いので、店がつぶれる前の売り尽くしじゃないのかと母さんが聞いた。

そういえば、大通りでも閉店しているところが多かったもんな……。

「会計士をしている立場上、そういう話はすぐに聞こえてくるけど、今回は違う。大量に発注しすぎたとか、そんなところだろう」

人間としては急速に信頼できなくなってるけど、会計士としての親父は信頼できる。

まあ、運よく特売日に買い物に行ったということぐらい、いくらでも起こりうるな。

その日、当初よりかなり豪華になった料理を俺たちはむしゃむしゃ食べた。

「フランツ、セルリアさん以外にサキュバスのお友達はいたりしないのか？」

「親父、下心を多少は隠そうとしてくれ」

「フランツよ、昔、男は背中で語ると言ったな。あれはウソだ。下半身で語るのだ」

「そんなこと、息子にぶっちゃけるんじゃねえよ！」

ちなみに母さんがメアリに「夫の心を妻がいじり放題になる魔法とかない？」と聞いていた。

俺が帰省している間に夫婦ゲンカするのだけは勘弁してくれよ……。

◇

翌日はライトストーン近くの観光地などにセルリアとメアリを連れていった。

このあたりにはほどほどの高さの山もあって、いろんな動物を放牧している。

メアリは羊を見て「生贄《いけにえ》にちょうどいいね」と魔族らしい発言をしていた。メアリとセルリアに見つめられた羊が怯えていたので、そういうのはわかるんだろう。野性の勘というやつだ。

牧場では牛の乳を使ったアイスクリームも売っている。

「うわあ！　これはおいしいですわ！」

「本当だ、濃厚だね。フランツ、お手柄」

二人とも喜んでくれてよかった。親父がここに女子を連れていけば、たいてい評価が上がる（と昔、悪ガキたちが言っていた）と教えてくれたのだ。

「ちなみにいくらですの？　全部、ご主人様のポケットマネーというのは悪いのですけれど」

「いや、いいよ。ひとつ小銅貨一枚だし」

小銅貨は基本的に王国で一番小さい単位の通貨だ。小銅貨十枚で銅貨一枚、銅貨十枚で銀貨一枚。

「えっ？　それは安すぎるんじゃありませんこと？　むしろ、こういうところのものは観光地価格なのだと思っていたのですが……」

そういえば、やけに安いなと思ったな。

「地方だしな。王都と比べると、もともと物価が安いんだ」

「そうですわね。でも、このアイスクリームが小銅貨一枚だと、牧場に利益が出ない気もしますわ」

「そこはきっと経営努力でやってるんだろ。輸送費かからないし」

俺としてはそれ以上の疑問も感じなかった。久しぶりの地元だったし。

その日の夕方、ライトストーンの市場を歩いていたら、そこもやけに安くなっていた。

・靴下《くつした》三足で小銅貨二枚。

・から揚《あ》げ五個で小銅貨一枚。

・バイキング食べ放題銅貨一枚。

激安という表現を使っても問題ないような値段だ！

「親父が昨日言っていたのより安いじゃないか！　日持ちするものはまとめ買いして、王都の社員寮まで持っていこうかな！」

これはどこも混雑しているかと思ったら、そうでもない。

そしたら、主婦がこんな話をしているのが聞こえてきた。

「隣町のタンミルはもっと安いらしいわよ」「タンミルよりもその先はもっと安いって」「馬車に乗っても、そっちまで行ったほうが安いわ」「馬車も回数券の十五枚つづりのができたわよ」

「この郡だけ妙に安いらしいわ」

マジか。ほんとにこの地域は暮らしていくだけなら、かなり楽だな。

ただ、その日は市場で物を売っている人が妙に少ない気はした。

さらに翌日も市場の値段はもっと下がっていた。

それと、閉店したところも俺が帰省した日より、明らかに増えていた。

俺はぽんとメアリの肩を叩いた。

「なあ、おかしくないか？　どんどん物価が下がってる。下がるのはありがたいけど、下がりすぎだ……」

「言いたいことはわかるよ。あの資料の中で、まだ見れていないものがあるんで、そのあたりを重点的に探ってみる……」

俺とメアリの頭には共通の出来事が頭に浮かんでいたと思う。

あのポエムめいた呪文だ。

あれが何かを発生させたんじゃないのか……？

そして、メアリが大急ぎで解読作業を行った結果、とんでもないことがわかった。

俺とメアリ、セルリアは俺の部屋に集まった。あまり、親には聞かれたくない。

「フランツ、呪文の正体、わかったよ」

俺とセルリアは固唾《かたず》を呑《の》んで、その先のメアリの言葉を待った。

「あれは――――デフレをものすごく加速させる黒魔法だった」

しばしの沈黙が部屋を包む。

「なんだ、それ！　そもそも、魔法でそんなことできるのか!?」

経済状況に影響を与えるって、もはや黒魔法の領分を超えているんじゃないか!?

「わらわも衝撃を受けたよ。でも、それをほのめかしてる箇所《かしょ》があったし、それにもう一度ポエムを見ると、そんなことが起こっても不思議じゃないんだ」

メアリはポエムの該当《がいとう》箇所に指を載せた。

〈どこまでも　どこまでも　終わらない夜の螺旋《らせん》を生み出そう〉

「これはデフレ・スパイラルって意味なんだよ!!!」

「言われてみれば、そんな意味に見えてきた!!!」

まさか、俺の先祖は黒魔法によって経済を支配しようとしてたのか？　斬新《ざんしん》な攻め方すぎる！

「あっ、わたくし、わかってしまいましたわ……」

セルリアは驚愕《きょうがく》の表情になっていた。

「ご主人様のご先祖様は国全体をデフレの波で覆《おお》って、国家の崩壊を狙っていたのですわ！　これぞご先祖様の国家滅亡の企《くわだ》てに違いありませんわ！」

「なんだって――――！　だけど、それが正解な気がする！」

メアリが魔法の効果を記したところに指を置く。

「この魔法はね、一日で一年分のデフレを起こすんだ。三日で三年分、一週間で七年分のデフレが進む」

「俺、経済は詳しくないけど、そんなにデフレが続いたら大変なことになるよな……」

「たしか、経済が疲弊《ひへい》して、失業者が増えると、自殺者も増えると聞いたことがありますわ。その数は戦争で出る死者の比ではないことすらあるとも……」

だとしたら、この魔法は人の命を奪う。

れっきとした、黒魔法だ。

俺たちは状況確認のため、市街地に出た。

閉まってる店はさらに増えているし、一見して失業者とわかる、うつろな目の人間が公園のあたりでぼうっとしていたりした。

かろうじて営業している店も、店主が「お願いだから買ってください！　在庫ばかりで泣きそうです！」と頭を下げている有様だった。

海に行くと、「海のバカヤロー！　それと、改革伯のバカヤロー！　増税のせいでデフレになっちまっただろー！」と叫んでる人もいた……。

改革伯にとったら事故みたいなものだけど、デフレが加速しすぎたら責任とらされるのかな……。

地元の新聞を読んでみると、税収が大幅に減りそうで、福祉《ふくし》政策も立ちいかなくなるなどと書いてあった。

本当にすべてがよくない方向に進んでいる……。

これは俺たちがなんとしても止めないと。

「メアリ、これ、対処策ってあるのか……？」

メアリが下を向いたので、ないのだとわかった。いくら、メアリでもこんなの、専門外だもんな。

俺は腹を決めた。

これは元はと言えば俺の先祖がやろうとしたこと。なら、俺がその尻ぬぐいをしてやる。

しかも、その血が俺の中にも流れてるかもしれないとしたら、なおさらだ。

「心配するな。俺が絶対に解決策を見つけてみせる」

◇

そうは言ったものの、ゴールは遠かった……。

なにせ、前代未聞の黒魔法なのだ。解呪方法の見当もつかない。しかも、残っている資料は俺の力では読めないように書かれている。まずメアリに読んでもらうしかない。

結果として、俺はメアリに提案する側にまわる。

答えが出ないまま、さらに日が経っていた。夏休みも終わりが近づいている。かといって、この状況を解決しないまま王都にも戻れないし……そもそもデフレ自体が一日過ぎるごとに悪化しているのだ。

「なあ、オリジナルの黒魔法って、そんなに簡単に作れるものなのか？」

「もちろん、そんなの一朝一夕《いっちょういっせき》じゃできないよ。その点、フランツの先祖が大物の黒魔法使いだったことは間違いないかな」

先祖が大物だったことでこんなに苦労するとは思わなかった。

「ただ、才能だけじゃ作れないけどね。黒魔法の場合、その根底には負の感情が横たわっていることが多いよ」

今の俺の目にはメアリが教師に映る。

「妬《ねた》み、恨み、怒り、そういったあまり楽しくない気持ちが元になってるね。ほかにも放縦《ほうじゅう》――つまり迷惑も考えずに好き勝手にやるぞって気持ちが触媒《しょくばい》になる場合もあるけど」

「そのあたりのことはだいたいわかる」

ぱらぱらとメアリは黒魔法用の参考書をめくる。

俺が帰省用にちょっと勉強でもしようかと持って帰ったものだ。

「今回の場合は、これを元に作ってるんじゃないかな」

メアリが示しているところに書いてあった文字は――不満。

「妹と一緒になれない不満をぶちまける意味で、こんな魔法を作ったんだと思う。妹と一緒になれない国を滅ぼすつもりだったんだ」

「どこまでも迷惑な先祖だな……。けどさ、本人に不満があるだけで、こんな大規模な効果の魔法になるのかな……？」

俺だって黒魔法使いだ。黒魔法のルールは知っている。

「ほら、たいていの場合、規模がデカくなると、なんらかの代価を支払うことになるだろ。スケールも期間も長いのに、詠唱《えいしょう》しちゃったメアリは代価を払ってない」

「それなんだけど、フランツの体があの時、光ったよね」

少し遠慮《えんりょ》がちにメアリが話す。

「ああ、よく覚えてる」

「あれ、フランツの体が魔法発動の宿主になっているってことだと思うんだ」

「宿主って、俺が勝手に生贄《いけにえ》みたいになってるってことか……？」

たしかに術者と親しい人間を生贄にする魔法とかあるけど……。

「フランツがなっているというよりも、そのフランツの体が受け継いでる先祖の血が宿主になってる。これは『詠唱が行われれば、先祖の血を引いてる魔法使いの体を使って、デフレを発動させる』魔法なんだ」

ややこしいけど、意味はわかった。

誰が詠唱しても、自分の血を引いた者を媒介にしてデフレが起こるようになっているわけだ。

「俺の体にも、妹と一緒になりたかった黒魔法使いの不満が受け継がれてるってことか……」

なんて壮大《そうだい》な復讐劇《ふくしゅうげき》だよ。

しかし、その時、一つの解決策が浮かんだ。

「じゃあ、妹との距離が縮まったら、その不満も解消するんじゃないか？」

この魔法が俺の体を触媒にできているのは、妹とラブラブになれてないからだと思う。

妹とラブラブじゃないという一点において、俺と先祖は同じだからだ。

逆に言えば、この体が妹を彼女にしてるようなものだったら、先祖の体の代用にはならない
……かもしれない。

「フランツの言いたいことはわかるよ。ルサンチマンが魔法の元になってるなら、そのルサンチマンを解消してしまうという方法はなくはない」

「そっか。じゃあ、俺の考えは間違ってないんだよな？」

「それで、フランツはどうしたいのさ。まだ、具体的に何をするか聞けてないんだけど」

メアリの質問は当然だ。概念《がいねん》を説明しても何の解決にもならない。

けど、中身を言い出さなかったのには、それなりのわけがあるのだ。

「俺が…………妹的存在の子と…………いい関係になる」

できるかぎりぼかしたけど、結局メアリと目が合ってしまった。

「ようは、先祖の血を受け継いでるこの体が、妹との愛を確かめられれば、俺の体は宿主として不適格になるだろ？　ということは……それで魔法の効果も消えるかもしれない……だろ？

べ、別にふざけて言ってるわけでも、下心があるわけでもないからな！」

変な目的があるんじゃないということだけは言っておこう。メアリとは一回そういうようなことをしたような気もするが、あれは特殊な事情があった。

メアリのほうは耳まで赤くなっていた。

「フランツの変態……。発想が変態すぎるよ……。つまり、わらわを妹ってみなして、その……セルリアとしてるようなこと……」

「メアリ、そこで恥ずかしがるのずるくないか……？　だって、お前、一度、夜に俺の部屋に来て……やっただろ……？」

ブラック企業をぶっつぶしたあと、メアリがいわゆる『夜這《よば》い』的なことをしてきたことがある。ただ、このことはノーカウントとか言われてはいた。

「そ、それって夢なんじゃないの……？　あるいは、フ、フランツの妄想だって……。わらわはフランツを抱き枕にしてただけで……」

案《あん》の定《じょう》、シラを切られた！

こうなると反論できないけど、このままデフレが続くと大変なことになる。

今はまだライトストーン近辺、おそらく改革伯の領地ぐらいだけで起きている不況だが、これが全国に広がったら、国まで傾きかねない。

「メアリ、頼む！」

俺は頭を下げて、頼んだ。

「わかったよ、フランツ。ううん、お兄ちゃん」

顔を上げると、メアリがもじもじ両手の人差し指同士をつんつんつついていた。

「お兄ちゃんのためだから……わらわがお兄ちゃんのしたいこと、してあげる……」

「ありがと、メアリ――」

「くーっ！　いいですわ！　素直になれないキャラを装いつつ結局従っちゃう妹キャラですわ！　パン三斤《きん》までいけますわー！」

セルリアの声で俺のお礼は掻《か》き消えた。パン食べ過ぎだろう。

その時、心の声みたいなものがまた聞こえた。

――お前、まさかそいつ、本当の妹なのか？　そして欲望を乗りこなすのか!?　なっ……。そんな……。ど、どうなるのだ……。我輩《わがはい》にもわからん……。

戸惑ってるぞ、戸惑ってるぞ。

けど、俺に本当の妹がいるかどうかは認識できないのか。たしかに妹の有無は俺が生まれた後に決まることだからな。俺の血や肉のどこかに先祖が影響をおよぼしているとしたら、その判断はできない。

「ねえ、ここなら、パパもママも来ないかな……」

甘ったるい声でメアリが聞いてきた。

俺の親に対してそんな呼び方してたっけと思ったけど、これ、キャラ作りだ。

そして、今すぐやるのか……？

デフレの効果は続いてるし、そんなにのんびりしていられないけど……。

セルリアはいい笑顔で黙って、退出していった。最後に「ご主人様、頑張ってくださいませ」

とエールを送ってくれた。わかった、やるだけやる……。

「メ、メアリ、うん、大丈夫だ……」

俺も無茶苦茶《むちゃくちゃ》緊張している。

「お兄ちゃん……この服脱ぎづらいし、手伝って……」

上目づかいでメアリがそう要求した。

う……。とてつもない背徳感……！

人間として超えてはならない一線を軽々と超える感覚がある！

いや、デフレを止めるためだ……。と、とにかく、やるべきことをやれ……。

そっと、メアリの両肩に手を置いた。

「行くぞ、メ、メアリ……」

「う、うん、フラ……お、お兄ちゃん……」

俺とメアリはサキュバス的なことを丁寧にやった。

ゆっくりと、メアリの体をいたわりながらだ。

なにせ妹を傷つけるようなことはできないからな。目の前にいるのはかわいい妹だ。かわいい妹だ。かわいい妹だ。妹、妹、妹妹妹妹……。

「お兄ちゃん……メアリ、うれしい……」

メアリも、俺をお兄ちゃんとずっと呼んでいた。

秩序への挑戦を俺たちはしているな……。

正直、肉体的快楽とかより、とんでもないことをやっているという感覚のほうが強い。そこに肉体的快楽がスパイスみたいに混じって、異様な気分だ……。

なんていうか、はまる人だけとてつもなくはまる激辛《げきから》料理みたいな……。

「お兄ちゃん、お兄ちゃん……」

お兄ちゃんという言葉が一度脳に響くたびに、悪徳が蓄積していく！

そして、そのままサキュバス的なことを繰り返していると――

体が発光して、全身がものすごく熱くなった！

「これ、ポエムの時に近いな！」

「お兄ちゃん、心配いらないから！　わらわの手を握ってて！」

幸い、すぐに光も熱も収まった。

「これで、大丈夫かな……？　デフレがさらに加速してなきゃいいけど……」

「それはわからないけど……ね、念のため、続きをしたほうがいいかも……」

「わかった……」

世の中には中断していいことと、してはいけないことがある。

これは後者だ。

◇

翌日、俺たちは市場に様子を見に行った。

物価は元に戻っていたし、閉じていた店もいくつか復活していた。

「いやあ、悪いね。昨日まで何かに憑《つ》かれたみたいに安くしすぎちゃってたけど」「あれじゃ、店がつぶれちゃうもんね。もうちょっと高くていいよ」「さすがに限度があったな」

そんな店員と主婦のやり取りも聞こえてきた。

「よかったですわね。これで全部元通りですわ」

すがすがしい顔でセルリアが笑う。

「うん、ほんとによかった。ほっとした」

「それにご主人様と妹さんの仲も深まったようですし」

あっ、そこ、やっぱり突かれるか。

「あれは特別サービスだからね」

ぎゅっと俺の服をつかみながらメアリが言った。

ずっと下を向いているから表情はよくわからない。

「うん、迷惑かけたな」

「けど、どうしてもって時は言ってくれてもいいから……。考えなくもないから……」

視線が合わなくても、顔が赤くなってるからだいたい様子がわかる。

こんなかわいい妹がいなくて、逆に幸せだったかもしれない。

そしたら、俺もメアリの兄みたいに、思い悩んだだろうからな。

「でもね、厳密にはまだ解決はしてないんだよね」

そこでメアリは遠い目をした。

「おい、メアリ、それってどういうことだ!?」

「フランツ、わらわが説明したこと、よく思い出してね」

俺はメアリの瞳をじっと見据えた。

「わらわが使ってしまったのは、デフレを加速させる魔法なんだよ。つまり、デフレ自体を作ったんじゃないの。デフレはすでにライトストーン周辺で起きてたの」

帰省《きせい》して感じた第一印象を思い出した。

ライトストーンはすでにデフレに近い状態になって、衰退していたのだ。

「それって、改革伯がやった政策が間違いだったってことか？」

「一概《いちがい》にそうとは言えないけどね。増税してない各地の地方都市もじわじわダメになっていってるし、どこかで大きな転換は必要だったかもしれない。だけど、増税で政策のお金をまかなおうとしたのは失敗だったのかもね」

本当に難しい問題だ。おそらく完全なる正解なんて、こんなものには最初からないのだろう。

「ちょっと、海まで出ようかな」

考えがまとまらなくて、少し歩こうと思った。波の音を聞きながら浜辺を歩いているうちに、何か思いつくかもしれない。とはいえ、何の保証もないから、あくまで散歩だ。

その日はよく晴れていた。もし泳いだら気持ちいいだろうな。

セルリアもメアリももちろんついてきていたけど、とくに何も言わなかった。俺に考え事をする時間を与えてくれているんだろう。

弧を描いている砂浜をしばらく歩いていた時だった。

「あっ、フランツ君じゃないか！」

海のほうから声をかけられた。仕事中のサンソンスー先輩だった。

そのまま海を歩いて、こっちにやってくる。

「いやあ、この数日、大変だったよ。ライトストーンの町も財政破綻《はたん》するかもって話だったらしくてさ。改革伯がやってきて、市参事会の人たちとずっと話してたみたいだよ」

「やっぱり、そこまで大事《おおごと》になってたんですか……」

ここまで急速なデフレは魔法によるものだけど、デフレ状況自体は脱してない。

そして、こんなデフレが本当にゆっくりと進行したら、その分、回復させるのも容易にはいかないだろう。

ある意味、未来を知ってしまった者として、義務を果たさなければと思った。

「サンソンスー先輩、ライトストーンで長らく働いてらっしゃいますよね？　あの、偉い人ともつながりはありませんか？」

自然と硬い表情になってしまっているのが自分でもわかった。

それこそ魔法でも使わないといけないぐらいの無茶ぶりなのだ。

「最終的に、誰と会いたいんだい？」

先輩に逆に聞き返された。

「ここの領主様――改革伯です」

「そっか」

少なくとも、すぐに無理と一蹴《いっしゅう》されることはなかった。

しばらく先輩は上を向いて、考えていたようだったが――

「今は勤務時間中だから、夕方にもう一度来てくれないかな」

とだけ言った。

そして、夕方、海岸で待っている俺のところに先輩が持ってきてくれたのは、丁重な文章でしたためられた紹介状だった。

「ボクはこのあたりの地域ではそれなりに信頼を得ている。おそらく、改革伯も聞いてくれるはずだ。ちなみに昼は忙しいだろうから、夜に伯の邸宅にでも向かうほうが時間もとってくれるんじゃないかな」

「ありがとうございます！」

俺は先輩に何度も頭を下げた。横にいたセルリアも同じように「ご主人様のためにありがとうございます！」とおじぎをしていた。

「君が何を考えているのかはわからないけど、よほど思い詰めていることだけは、その顔でわかったからね」

それから、少しおどけたように彼女はこう付け加えた。

「なんだか、昔の若かった頃のボクと似てると思ったんだよ。当たって、砕《くだ》けてみればいいさ」

◇

その日の夜、俺たちは馬車で、改革伯の屋敷に向かっていた。

善は急げ。それに例の異状なデフレ状態から日が経ってないほうが説得力も増すはずだ。

「まったく、向こう見ずだよね」

メアリはあきれていたけど、同時に笑っていた。

「でも、そこがフランツらしさだから、別にいいや。やるだけやりなよ。いざとなったら、わらわが護衛の門番とか全部ぶっ倒してあげるから」

「それは、できるだけ遠慮《えんりょ》したいんだけどな……」

露骨に犯罪者になってしまうと、いろいろと救いがない。

馬車を降りると、俺たちは屋敷前にいる門番に紹介状を見せた。

「むっ、サンソンスー氏というと、ライトストーンの守護聖人とまで言われている人か……。わかった……。少し待つがいい……」

非常識な時間だけど、取り次いでもらえた。やっぱり、先輩の力は偉大だ。それとここの領主自体が偉ぶってない人ってこともわかる。でなきゃ、律に門前払いにされるのが普通だろう。

しばらく待たされたけど、面会の時間は与えられた。

「ただし、領主様はお忙しいからな。十分が限度だ。心得ておけ」

改革伯の部屋に向かうまでに話す内容は固めていた。

部屋に入ると、市街地で見たあの人物が座っていた。

「君たちはサンソンスー氏の後輩にあたるそうだね。それで、どういったご用件かな？」

頭を下げるべきところだろうけど、その時間がもったいない。

それに顔を見ながら話をしないと本気度が伝わらないと思った。

「改革伯、どうか減税に方針を転換してください！　このままでは伯爵の土地はますます疲弊《ひへい》します！」

「ああ、そういう話か」

おそらく、こんな言葉は聞き飽《あ》きるほど聞いているのだろう。彼の反応は冷めていた。よくある出来事といった調子だった。

「この数日の極端なデフレ騒ぎで恐ろしくなったのかもしれないが、あれも落ち着いた。今後とも私は民のために改革を推進していくつもり――」

「あのデフレ騒ぎを起こしたのは俺なんです！」

さすがに、改革伯もあっけにとられていた。

それだけじゃない。セルリアもまさかそれを言うのかという顔で焦っていた。下手《へた》をすれば処罰対象だ。いや、ほとんど自首に近いか。

ただ、メアリだけは、ああ、そう来たかといった態度でいた。

「俺は黒魔法使いです。故意にやったことではありませんが、古代の魔導書を紐解《ひもと》いている際にデフレ加速の魔法を使ってしまいました。一日で一年分のデフレが進む魔法です」

ここまで言えば、結論はもうわかるだろう。

「つまり、数年後には昨日のような不況がこの領地を覆《おお》うわけです！　そしたら取り返すのに恐ろしいほどの時間がかかります！　職がなくて自殺する人も増えます！　どうか減税を行って、デフレ状態から脱却してください！」

結論は簡単だ。

でも、それを簡単に了承してもらえるとは思っていない。

「しかし、そうなると福祉《ふくし》と教育政策の財源がまったく足りなくなる……。そういった政策を諦めるしかなくなる……。これで学校に通えるようになった民もたくさんいるのだ……」

改革伯は顔をしかめる。そう、すでに効果が上がってもいる。地方再生に改革伯が本気なのも確かなのだ。

彼も俺に策を求めるように視線を向けた。

「君は、どうすればいいと思う……？」

こんな状態を改善できる黒魔法があればいいんだけど、そんなものはない。

だから、俺は実現できることを言うだけだ。

「足りない分は、借金しちゃえばいいんじゃないですかね？」

俺はわざとあっけらかんとした調子で答えた。

改革伯は借金という言葉に表情を曇らせる。

まあ、借金大好きって人間はいないだろう。俺だって、どうせならしたくはないさ。

「君、それはあまりにも無責任ではないかね？」

「はい、文字どおり、俺は責任なんてとれませんから。ただ――」

俺はそこから一歩踏み出す。

「――このままいけば、買い控えはどんどん大きくなってデフレは進みます。それだけは確実なことです！」

ウソはついていない。じっと、相手の目を見据えてやる。

「減税で消費が増えればお金がまわります。お金がまわれば、多少の借金はどうとでもなります。それだけが経済の冷え込みを防いで、改革を進める唯一の方法です」

とくに奇抜な策なんかじゃないことは俺が一番わかっている。

けど、俺には特別な価値がある。

デフレ魔法の体現者という価値だ。

だから、俺の声なら、彼に届くかもと思った。

改革伯のほうが緊張を切るように、息を吐いた。

「……。そうだな。減税ができないかどうか考えてみることにしよう。増税後、税収がいまいち上がっていないしな。減税で、かえって税収が増えるなら儲《もう》けものだ」

俺の仕事はここまでだ。

これですべてが上手《うま》くいくだなんてことはないだろう。それにまた、いくつも議論が交わされるだろう。だいたい、結果が出るのはずっとずっと先のことだ。

それでも、今の道が危険だということが伝えられたのなら、それでいい。

「ご無礼、誠に失礼いたしました」

丁寧に俺は頭を下げた。

もし、改革伯が方針を変えて、その領地での経済がよくなるなら、デフレの呪いにも充分な価値があったんじゃないかな。

◇

翌日。王都に戻る前日のこと。

俺としては部屋でだらだらしていてもいいんだけど、セルリアとメアリに申し訳ないんだよな……。かといって、そんなに観光地ばっかりあるわけじゃないし……。

「せっかくだし、早朝の海を見に行きませんか？　歩くだけでも気持ちいいですわよ」

セルリアの提案に俺もメアリも二つ返事でついていった。

大きな仕事を終えた後だと、海をいっそうきれいに感じる。今日も遠くに無人島が見える。

俺たち三人はぶらぶらと人気《ひとけ》がない岩場のほうに歩いていった。散歩にはちょうどいい。まだ泳いでいる人もいない時間だ。

「フランツがお兄ちゃんに似たにおいがした理由、今ならわかるかも」

メアリがちょっとイタズラっぽい顔で笑った。

「性格とか声とか複合的に似てるんだよね。だから、お兄ちゃんだって錯覚《さっかく》するんだ。むっつりなところも一緒」

「むっつりってどういうことだよ」

「言葉どおりの意味だけど？」

強く否定できないのがつらい。でも、こうやっておちょくられるのも悪くないな。これは愛のあるおちょくりだ。

夏休み、思った以上にハプニングがあったけど、これはこれでいいか。俺の黒魔法のルーツもわかったわけだし。

「おや、フランツ君じゃないか」

振り返ると、サンソンスー先輩が立っていた。ちょうど今日の仕事に来たところなんだろう。

「先輩にはお世話になりました」

本当にどれだけ感謝してもしきれない。

「言っただろう。若い頃のボクに君は似てたんだよ」

ふふふっとサンソンスー先輩は笑う。

そこで、セルリアは「積もる話もあるようですし、わたくしたちはちょっと席をはずしますわね」とメアリを連れて海岸のほうに行ってしまった。いや、そんな積もる話ってほど話題もないんだけど……。

「せっかくだし、そのへんの岩にでも座ろっか」

「ですね……」

それから、しばらく二人並んで静かな海を見ていた。どうも妙な空気になった……。

「ボクはね、このライトストーンって町が大好きなんだ」

「ありがとうございます」

自分の故郷だから俺は礼を言った。

「けど、だからこそ、町がさびれていくのをどうすることもできなくて心苦しかったんだ。そこで、ボクは君に託した」

ぽんと肩に手を置かれた。先輩の体温を感じる距離。

「なので、もし今後ライトストーンがもっと無茶苦茶《むちゃくちゃ》になっても、その責任は先輩のボクがとるから、気にしないでいいよ」

この人も社長と同じでいい人すぎる。そして、そのせいで長く苦労したんだ。

これ以上、背負わせちゃダメだと思った。

俺は先輩のほうを向いた。

「いいえ、責任は俺がとります！」

すぐ目の前に先輩の顔があった。

あっ、いくらなんでも近すぎた……。

先輩の顔から笑みが消えたと感じた次の瞬間には、先輩が俺の顔に唇を近づけてきた。そういう空気だもんな。もう、こうなっちゃうよな。

俺のほうからも唇を近づけ――

「あらあら。これだと本当に結婚するのも間近でしょうか」

聞き慣れた声がした！

すぐに俺も先輩も顔を離した！

ぞっとして、振り向くとケルケル社長が岩場に座っていた。俺の顔は青くて、サンソンスー先輩のほうは逆に真っ赤になっている。

「しゃ、社長……その……いつからいらっしゃったんですか……？」

「今来たところだから、ご心配なくです♪」

信じていいんだろうか……？　でも、詮索《せんさく》すると藪蛇《やぶへび》だし、信じるしかないな……。

「フランツさん、いい顔してますね」

これって、皮肉だろうか……？

「いや、多分動揺《どうよう》していると思いますが……」

「あっ、そういう意味じゃないです。私が来たタイミングは悪かったかもしれませんが、フランツさんは立派な黒魔法使いになったと思いますよ。この数日でもさらに成長したような気がします。今の顔を見ても、それがわかります」

ああ、純粋に褒《ほ》めてくれてるのか。

この数日でいろんなことがありすぎたもんな……。あっ、卑猥《ひわい》な意味は除いてもだ。

「成長したかはわかりませんけど、放置できないことがあったんで……」

「すぐれた社会人は、完全にオフな時期でもそこで課題を見つけて成長しちゃうんです。フランツさんはそうだったと思いますよ」

ケルケル社長お得意の褒め殺しだな。三割減ぐらいで聞いておこう。

「周りにこれだけ見習わないといけない先輩がいたらそうなっちゃいますよ。皆さんのおかげです」

後ろからいきなり、手が伸びてきて、頭を撫《な》でられた。サンソンスー先輩だなと思ったら、ファーフィスターニャ先輩だった。不意打ちだ！

「ファーフィスターニャ先輩までいたんですか!?」

「岩場を歩いてた。見習わないといけない先輩とか言ってたけど、こっちを褒めても何も出ないよ。よしよし」

珍しく先輩がデレている気がする。というか、ファーフィスターニャ先輩はいつからいたんだ……？

「……ええと、研修も終わりましたし、夏休み明けはもうちょっと活躍できればと思ってます」

話をそらそう。今、できることはそれだけだ……。

「いい心がけですねえ。あっ、研修といえば――ええと、どなたでしたっけ」

なにか社長が思案したような顔になる。

「ああ、そうです、そうです。アリエノールという方が九月から少しの間、うちに来るらしいですので、お相手してあげてくださいね」

「ええっ？　なんで、また……」

アリエノールとは研修でいろいろとあったばかりだぞ……。

「黒魔法業界の制度で、プチ出向というものですねえ。とくにほぼ自営業の方は技術を学ぶのも大変ですからね。王都の会社にやってくることは珍しくはないんですよ」

サバトのことを思い出して、顔が熱くなった。

「そうですか……。彼女に抜かれないように俺も努力します……」

「はい。フランツさんなら、きっと大丈夫ですよ。これからも仕事を覚えていってくださいね」

これは九月からもまた面倒なことが起きそうだ……。

そこにセルリアとメアリが海岸からやってきた。

セルリアは俺と目が合った途端、口を隠しながら笑った。

「あらあら、ご主人様、いいところで邪魔が入っちゃってびっくりしたような顔をしてらっしゃいますわね」

やっぱり、サキュバスにはわかるんだ……。鋭すぎるだろ。

どこまでも、密度の濃い夏休みは今日でおしまいだ。

文庫限定スペシャルSS

気まずい再会

黒魔法業界の研修会場から帰る朝。

その日は薄暗い森の中にある建物にも、すがすがしい陽光が降り注いでいた。

俺の新しい門出を祝ってくれているようで、少しうれしいな。

チェックアウトまでまだ時間もある。せっかくなので中庭を一人でぶらつくことにした。

こうして研修を終えてみると、なかなかいい経験になったな。

「うむ、いろいろあったが、すべて終わってみれば、よい経験だったな！」

えっ!?　なんか似たような感想が聞こえた気が……。

横を見ると、アリエノールがいた。

ちなみに数時間前は、その……二人でサバトをしていた。

「ふぇっ……みょ、みょう……しゃ、再会するとは思ってなかったぞ……」

アリエノールはしどろもどろになって、噛みまくっていた。

だけど、気持ちはわかる！

猛烈に気まずい……。

俺たちはいい感じで再会を誓って別れたばかりなんだ。

アリエノールにいたっては「では、また会おうなライバルよ！」だなんてセリフまで言っていたぐらいだ……。

しかも、ただの友達みたいな関係じゃない……。研修で知り合って、流れで肉体関係まで結んでしまったわけで……。

なのに、もう二人でばったり会いましたとなったら、どういう態度で臨んでいいかわからない……。

お互いに庭の噴水に視線をやっていた。

顔を見合わせるよりはマシだからな……。

けど、噴水の水面に顔が映るので俺もアリエノールも照れているのはわかる。

「い、いい天気だな……」

ものすごく無難な天気の話題を振った。

「そ、そうであるな……。うん……いい天気だ……」

まったく話題は広げてもらえなかった。俺もこんなこと言われても困るだろうけど。

「フランツ……ええと……向こうでも頑張れ……」

「ありがとう……。お前もな……」

こっちも話題を続けられない。すまん、アリエノール！

それにしても……ああいうことをした時は夜中だったけど――

朝になって改めて見たら、アリエノール、ものすごくかわいく感じる。

でも、ここで「かわいいな」とか言うの、おかしいかな……。口説いてるみたいにならないかな……。しかし、ずっと無言が続くのも変なんじゃ……。かといってサバトのことを言うのは最悪だ。それはもう確実にセクハラだし……。ああ、どうしたらいいんだ！

ちらっとアリエノールのほうに顔を向けた。

アリエノールも水面を見ていたから、俺が顔を向けたのがわかったのだろう。こちらに顔を合わせてきた。

「アリエノール、また……会おうな……」

「わ、わかった……」

堂々と手を伸ばす勇気がなくて、ふわっと右手を前に差し出した。

アリエノールもふるえる手を出してきた。

結果的にお互いの人差し指が、こつんとぶつかった。

これが誓いの印みたいになった。

あっ、さらに恥ずかしくなってきた……。

「じゃあ、私は先に戻るのだ……」

アリエノールが走って、去っていった。俺もアリエノールがいなくなってからぎくしゃくした感じで部屋に戻った。

——ちなみに、セルリアには、何があったかほぼ一発でバレました。

◆終わり◆

あとがき

お久しぶりです、森田季節《もりたきせつ》です！

お仕事系黒魔法小説、『若者の黒魔法離れ～（以下略。我ながら名前が長い！）』二巻をお買い求めくださいましてありがとうございます！

この二巻でもちょくちょくとお仕事ネタや社会ネタを入れつつ、それを上回るだけの美少女成分を入れております。楽しんでいただければ幸いです。

とくにフランツが領地の限界集落に行く第二話は、ある種の実体験に基づいて書いております。

森田の実家は割と人口が多い地域で、少なくとも十分待てば必ず一本は電車が来るようなところなのですが、本籍地――つまり一族発祥《はっしょう》の地は、限界集落の中の限界集落みたいなところです。

で、そこに一族の墓があるのですが。

鉄道は当然一日数本のみ。

※今、時刻表を見てみたら、上りも下りも一日六本ずつでした！　朝七時の列車を逃すと次は十二時台までマジでないです！　その次は十五時！

しかもそんな駅から集落までさらに何キロも離れている！　駅まで鉄道で来ても、結局徒歩ではたどりつけない！

さらに集落は県境の峠《とうげ》の途中になるため、平地すらない！

――というとてつもない場所です。

あまりにも周囲に何もないので、祖父は一日片道十キロ以上の道を歩いて学校に通っていたそうですが、今の基準だとその時点で児童虐待《ぎゃくたい》としてニュースになると思います。

ド田舎《いなか》でも、日本屈指の滝とか、国宝の寺とか、スキー場とか、なにかしら観光になるものがあれば人も呼べますが、当然のようにそんなものもありません。

そんな限界集落が生き残る道ってどこにあるんだろう……などと考えて、なかば祈りにも似た感じで書きました。

全体的に理想主義的な部分がありますが、ご了承ください。あと、本籍地の山林が荒れまくっていて、ヤバいことになっているので、誰か助けてください……。

また、第三話の研修も実体験を元に書きました。

といっても元にしているのは研修内容ではなく、場所のほうです。

研修施設にたどり着くまでの間にかなり深くて巨大な森がありまして、夜はものすごく怖かったです。研修施設ってイコール隔離《かくり》場所なので、とんでもなく不便なところにあったりするんですよね。

そこで学んだ内容はほとんど忘れてしまいましたが、食堂のメシがとくにおいしくもなく、そのくせ安くもなくて、みんな文句を言っていたことだけは覚えています。近所にまともな飲食店がないので選択肢《し》もないという殿様商売でした……。

なお、本編ではフランツがアリエノールという子と仲良くなっていますが、言うまでもなく森田の研修場所での女生徒の出会いなど皆無でした。

というか、男も含めて誰一人として顔も名前も覚えてないので、あの研修はすべて偽造された記憶だったのかもしれません。

第四話の里帰り編も、一部、地元を使っています。

海は駅のあたりから磯《いそ》の香りがすることがあるぐらい近いのですが、実際の海水浴場はウェーイな人がたくさん夏に出現するので、むしろ避けてました。中学時代は学校の不良が海に行って、他校の不良に負けてカツアゲされていました。

海産物では少なくともアナゴのクオリティは間違いなく高かったです。

そんな感じで異世界のフィクションに適宜、現実を交えながら書いております。今後ともよろしくお願いいたします！

さて、この二巻が出る頃にはコミカライズの企画もかなり進んでおります！

スクウエア・エニックス様の漫画アプリ「マンガUP！」にて、10月30日から開始します！　作画は出水高軌《いずみこうき》先生です！　すでにネームもちょっと見ていますが、ものすごくセルリアもほかの女の子もかわいいです！　ぜひご期待ください！

最後に謝辞《しゃじ》を。

今回も見事なイラストを描いてくださった47AgDragon《シルバードラゴン》様、本当にありがとうございました！　全体的に露出度の高いキャラが多い本ですが、しるどら様のイラストのおかげでお色気要素が大幅にパワーアップできております！　本当にうれしいです！

また、一巻に引き続き、本をとってくださった読者の皆様にも最大級の感謝を！　これからもよろしくお願いいたします！

夏の暑さで心が折れそうな　森田季節

ダッシュエックス文庫

若者の黒魔法離れが深刻ですが、就職してみたら待遇いいし、社長も使い魔もかわいくて最高です! 2

森田季節

2017年9月27日　第1刷発行

★定価はカバーに表示してあります

発行者　鈴木晴彦
発行所　株式会社　集英社
〒101-8050　東京都千代田区一ツ橋2-5-10
03(3230)6229(編集)
03(3230)6393(販売/書店専用) 03(3230)6080(読者係)
印刷所　大日本印刷株式会社

ISBN978-4-08-631206-6 C0193